心灵有约情感励志系列

两个人怕辜负

积雪草 著

时代出版传媒股份有限公司
安徽教育出版社

图书在版编目（CIP）数据

两个人怕辜负 / 积雪草著. —合肥:安徽教育出版社,2013

（心灵有约情感系列）

ISBN 978－7－5336－7579－0

Ⅰ.①两… Ⅱ.①积… Ⅲ.①短篇小说－小说集－中国－当代 Ⅳ.①I247.7

中国版本图书馆 CIP 数据核字（2013）第 129731 号

书名：**两个人怕辜负**　　　　　　作者：积雪草

出 版 人：郑　可
责任编辑：王竞芬　　　责任印制：何惠菊　　　装帧设计：阮　娟

出版发行：时代出版传媒股份有限公司　　http://www.press-mart.com
　　　　　安徽教育出版社　　http://www.ahep.com.cn
　　　　　（合肥市繁华大道西路 398 号,邮编:230601）
　　　　　营销部电话：(0551)63683008,63683011,63683015
排　　版：安徽创艺彩色制版有限责任公司
印　　刷：安徽瑞隆印务有限公司　电话:(0551)65302198
（如发现印装质量问题,影响阅读,请与印刷厂商联系调换）

开本：650×960　1/16　　印张：18.50　　字数：190 千字
版次：2013 年 7 月第 1 版　　　　　2013 年 7 月第 1 次印刷

ISBN 978－7－5336－7579－0　　　　　　定价：28.00 元

版权所有,侵权必究

目 录
CONTENTS

001	两个人怕辜负
009	伤花
023	许我一个未来
037	逃
051	像流水一样
061	梅姨
074	青春散场的时候
086	流年
108	一天·一生
119	鱼无心
129	花树
141	烟熏妆女子的心事
150	赌注
164	暗伤

171	城里城外
184	裂变
193	回不去了
215	旧爱如旧衣
223	爱情的因果
231	雪花之吻
238	限时恋爱
249	丢在故乡的幸福
259	艳遇与伤痛
268	以爱的名义
277	恋爱季
285	缘分这回事儿

两个人怕辜负

每一个女子都是一朵花儿,轰轰烈烈地开着的时候,都希望停留在一个爱着的男人身边……

1

和茱莉遇上的时候,我是个即将被婚姻打上烙印的男人。女孩子叫小沁,他们家和我们家是世交,小家碧玉型,清秀、温暖、贤淑,最重要的是我们两家门当户对,大家从小就相熟,做成婚姻是一件好上加好的事情。

然而,我遇到了茱莉。

在朋友的生日宴上,茱莉穿了一件玫瑰红的紧身连衣裙,长度刚刚裹住臀部,长发烫了细小的卷卷,翻滚下来,遮住了裸露出来的光滑的后背。大红大绿,一向是我讨厌的颜色,弄得好是大雅,弄不好就会大俗,可是穿在茱莉的身上,却很是妥帖。

我偷偷瞟她的时候,她居然用穿了高跟鞋的脚在桌子底下勾我的腿,我忍俊不禁,真是个色胆包天的女孩。

酒宴快结束时,我去洗手间方便,出来的时候,忽然看见镜子里多了张生动的脸,我慢慢转回头,茱莉对我绽开一个灿烂的笑容。她撮起嘴唇,压低声音说,如果我有一张船票,你愿不愿意跟我走?一句话就让我失掉了分寸,我知道,这是《花样年华》里,梁朝伟令人销魂的对白。

本想说不,可是却像被她施了魔法一样,不由自主地点了点头。她过来拖我的手,带着我从酒店的后门悄悄溜了出去。我想起了小时候,偷偷拿了妈妈买早点的钱,除了喜悦,还有做了坏事后无法抑制的兴奋。

我和茱莉是一类人,不擅伪装,爱与恨都写在脸上,清清浅浅的,一眼能看到底,我喜欢和茱莉在一起。

饭桌上,人最齐的时候,我装作很随意的样子宣布,我暂时不结婚了,再玩几年。这条新闻太雷人了,几乎所有人都瞪大了眼睛,喜帖都发出去了,小沁的婚纱也订好了,居然说不结就不结了,这世界都疯了。

整件事情中,唯有茉莉感动得一塌糊涂,一个男人肯为自己放弃婚姻,这是对一个女子的最高奖赏吧!欣喜之余,茉莉敲打我,现在后悔还来得及啊!我把手放在她的小蛮腰上,耍贫嘴,死也要和你在一起,一生、一世、一辈子,永远在一起。

2

我和茉莉同居了,同居并不是什么新鲜事,关键是这件事情遭到了全家人的共同抵制和声讨,父母扬言要登报和我脱离关系,态度坚决到没有缓和的余地,但是我还是想回家看看父母,毕竟他们老了。

走过无数次的巷子,巷子里的墙上,青苔墨绿,这怒放的生命,愈发让我觉得除了时间永恒,其他都充满变数。我晃动着身子,这一次觉得像走不到头似的。

小心地摁响门铃,等了半天,门才"吱"的一声打开。想不到来开门的竟然是父亲,父亲仍然在生气,一声不吭,黑着脸回书房去了。母亲在厨房里喊,是谁啊?是谁?父亲不答,我笑,老妈是我,回来蹭饭了!要加菜啊!

母亲慌慌地从厨房跑出来,一边在围裙上擦手,一边说,儿子回来了!我这就给你加个菜!声音中就有了湿嗒嗒哽咽的意味。

自从为了茉莉跟家里决裂之后,这是我第一次回家。吃饭时,气氛很凝重,谁都没有提茉莉的事情。我从口袋里掏出给父母买的医疗保险和养老保险的保单,递给老妈,老妈喜极而泣,好端端的,买这干啥?我说,无事防备有事,总没错的。

直到走,父亲都没有跟我说一句话,母亲送我到门口,反反复复地说:有时间常回来看看,老妈给你做你最爱吃的菜。一边说,一边用衣袖擦眼角,我的心又湿又滑,像小巷里的苍苔。

晚上回去,茱莉在灯下等,穿了薄薄的透明睡衣,斜倚在床上,慵懒倦怠的样子,手里拿一本时尚杂志,懒洋洋地翻着。她没有问我去了哪里,我也没有解释,她丢掉杂志,青藤一样缠上来,她的红唇像含苞的花蕾,在我的眼前来回晃动,她的呼吸温热地散落在我的耳边,每一个女子都是一朵花儿,轰轰烈烈地开着的时候,都希望停留在一个爱着的男人身边,我想,茱莉也不会例外吧!

我热烈地回应茱莉,茱莉在我急于想爱的时候,在我的耳边低语,亲,哪天带我去你公司吧?我想看看我的男人是怎样工作的,是不是和床上一样威猛?

我忍不住乐了,这个女人真是个妖精,这种时刻居然会浮想联翩。茱莉也乐了,笑声像窗前的风铃,泠泠作响……

3

隔天,茱莉真的来到公司,那时,我正在处理公司里的绝密文件。她满怀欣喜地这儿看看那儿摸摸,转头瞥见女秘书进来送咖啡,她的目光里立刻有了浓浓的意味,撇着红嘟嘟的嘴唇娇嗔地说,这样美丽的尤物放在身边,亏你是怎样抵御的?茉莉的纯真不是做出来的,她风情万种,同时会流露出一丝与之不相称的纯真,所以不由得人心不动。我抵在她的耳边说,谁都比不上你。

电话骤然响起的时候,茉莉正在咯咯地笑,说,你可真够坏的。我示意她稍等,这个节骨眼上,偏偏总部来人,我说,茉莉,等我一下,马上回来。

那天回来的时候,茉莉已经不在了,她可能等我等得不耐烦。

下班时,我在街上遇到小沁。她仍然那么从容、端庄。我约她一起去上岛喝杯咖啡,她没有拒绝。她等了我许多年,父母钦定的儿媳,到头来终是稀里糊涂地输了,也许她未必像看上去那么在乎我,但是自尊心总是放不下的。

开场白是我起的头。我嗫嚅着,做了很多检讨,小沁不明就里地望着我。我说,想拜托你常去看看我的父母,他们老了,那么孤单,唯一喜欢的人就是你。

小沁用雪纺的衣袖抹眼泪,她的每一个动作都那么轻柔和恰到好处,让人心生吝惜。

我不忍看小沁落泪的样子,转头看着窗外,忽然瞥见茉莉招摇的红色敞篷车,她戴着一个大墨镜,像个黑手党,埋伏在窗外。

原来她在跟踪我。

爱过的女子都是这样吧?爱了,就傻了,然后就把自己弄丢了。

那天夜里回到家,没有温暖的桔红色灯光,没有晃动的身影,想是茉莉睡着了,我摸索着爬上床,刚刚闭上眼睛,忽然屋子里所有的灯全都大亮起来,灿若白昼。我眯缝着被骤然的强光打得睁不开的眼睛,暴怒,干吗啊?瞎折腾什么啊?想吓死谁啊?

转回头看茉莉,我傻了,璀璨的灯影里,茉莉换掉了平常的色彩强烈的丽妆艳服,取而代之的是,清淡的妆容,一头篷篷的卷发编成了两根长长的麻花辫,布衣坊的棉布裙,绣花的灰绿小衫,色调暗淡朴素。

她泪流满面,语不成句,看我像你的村姑吗?看我像你两小无猜的青梅竹马?我有什么不好?我哪里比不过她?

我败了,她的泪,她的妖媚都是最好的武器,我把她揽进怀里,低声说,别那样说她,她是个很好的女子。

茉莉仰着脸看我,那我呢?我轻轻地吻掉她脸上的泪。

4

一件令人意想不到的事情,彻底毁掉了我的生活。

公司的最高绝密文件泄露,也就是说,除了我,别人几乎看不到的文件泄露了出去,致使公司蒙受了难以想象的经济损失。

我整晚睡不着觉,反复思量是哪个环节出了差错,终于,电光火石间,我想起了那个下午,日光晃晃,岁月安好,茉莉来公司,之后,我出去,之后她一个人在我的办公室里……

一格一格的画面,清晰地在我的脑海里来回闪烁,我不敢想下去,这个妖精一样的女子,我那么爱她,为了她,我和家人决裂,和青梅竹马的女友分手,而她在我身边,却怀着一个如此不可告人的阴谋。

我决定告诉她要和小沁结婚的那个晚上,是9月底,空气中有一种薄荷样的清凉,滑过肌肤,有微微的冷。茱莉依旧穿很少很性感的衣服,长胳膊长腿全都裸露在外面,象牙白的肌肤,小蛮腰,玲珑有致。她在我眼前晃来晃去,我所有的心动都变成了心疼,愤怒和不舍像一道怪味大餐,令我难以下咽。

她在卫生间里洗澡,故意把水流弄出很大的声响,我躺在床上,心不在焉地想起和茱莉的一些往事。

不知道什么时候,她轻轻地爬进我的被窝,冰凉的身子像一尾小鱼,欢快地游向我,她慢慢地贴上来,凉凉的吻,雨点般落在我的后背上,我闭上眼睛,瞬间又睁开,不能晕,也不能迷糊,我要清醒,保持清醒。

像一个深山里修炼多年的老和尚一样无欲无求,我把茱莉抱在怀里,说,猪猪,我要结婚了。

茱莉的脸上闪过一丝惊喜,急急地问,和谁?

小沁,我不能辜负她。

茱莉停下手里的动作,看着我,不错眼地看着我,有泪自脸上淌下，无声地，良久，她说，我那么爱你。

我终于不能够克制，咆哮，你不爱我，一切都是阴谋，你是刻意接近我。

茱莉低下头，嘤嘤地说，各为其主，我身不由己，可是我真的爱了，爱上了……

我想起了楚楚这个词，楚楚动人，楚楚可怜，可是最终，我还是对她大吼，别亵渎"爱"这个字！

我不知道自己失控之后还会说出怎样的话伤她，拿起睡衣，冲进卫生间，把莲花蓬头开到最大，然后坐到马桶盖上吸烟，烟不知怎么那么呛，呛得我流出了眼泪。

不知在卫生间里挨了多久，出来的时候，茱莉蜷缩着身体躺在床上，手臂紧紧地抱住双膝，已经睡着了，脸上兀自挂着一颗尚未滚落的泪。

我坐在旁边看着她，看着她不太舒服的睡姿，看着她欲落未落的泪，心中有一丝疼痛蔓延开来。

伤 花

1

我和辛迪选择了一条生僻的线路,过着迁徙动荡的不安生活。新余。南昌。九江。庐山。到达吉安的时候,我们已经是疲惫不堪,一路上风尘仆仆,头发脏兮兮地贴在额上,我的三宅一生的白衬衫已经看不出本来的颜色,多日没有洗澡,身上散发出浓重的味道,辛迪也如我一样狼狈,身上的Lee牛仔裤不知什么时候破了一个洞,露出里面的内裤,我嘲笑他春光外泄。

辛迪说罗恩是不会找到这儿来的,他就算想得头都大了,也想不出我们会躲在这样

一个角落里。我听了,把一颗惴惴不安的心放下来。一头扎进一家小旅馆简陋的小浴室里,莲蓬喷头开出一朵小小的水花,我贪婪地洗着旅途中的尘土和疲乏,我厌恶不能洗澡的日子。然而,温暖的水流滑过我的身体,却并不能使我的心有片刻的宁静与安逸。

我换上了干净的内衣、长长的睡袍,拱到床上,找了一条薄毯子盖上,昏昏睡去。起初,我听到浴室里传来哗哗的水声,我知道是辛迪在洗澡,渐渐地,我的意识便模糊起来,眼皮沉重地合上,向着黑暗义无反顾地奔去。

我已经很多天没有睡过一个安稳觉了,此刻我睡着了,还奢侈地做了一个梦,我梦见了罗恩,罗恩扯着我的胳膊,让我跟他回家,我哭了,在他的臂弯里挣扎着,死也不肯,我觉得手腕的骨头被罗恩有力的大手捏碎了。我疼得求饶,可是罗恩就是不肯放开我,我甚至听到了骨头碎裂的声音。

醒来的时候,头痛欲裂,心"嗵嗵"跳个不止。外面下着雨,雨花打在玻璃上,模糊一片。想起罗恩,心中生出歉疚,我愧对这个男人。

辛迪正在解我黑色的蕾丝内衣。这张俊朗的脸,那么致命地诱惑着我,使我像一只扑火的飞蛾,踏上了不归路。

我木然地躺着假寐,辛迪的手轻柔地抚过来,一寸一寸的肌肤在他的手下柔软起来,生动起来,游离出我所能掌控的范围,原始的本能渐渐占了上风,我败了下来,任由他的吻落在我的唇上,令人窒息的快乐。空气中有洗发水淡淡的馨香,我深深地嗅了一口气,听着小旅馆的单人床在身下发出"吱吱"的声响,我的身体在辛迪的身下,绽放成春天里一朵最明媚的花儿。

2

在吉安小城的街头,如果你看到一个身材高挑的年轻女子,肤色白皙,脖子修长,一头栗色挑染的长发微微地卷曲着,穿着牛仔裤白衬衫,站在街头的烟尘里,眼神迷茫,那个女子一定是我。

罗恩大约做梦也不会想到,我和辛迪会隐遁到吉安这样一个偏僻的小地方,有时候我会为自己想到这样绝妙的主意而得意,得意之后泛起了隐隐的悲凉,这意味着罗恩从此淡出了我的生活,这不是我一直盼望的结果吗?为什么此刻竟会有茫然若失的感觉?我不是一直厌烦罗恩的琐碎、家常、花心和好色吗?

三天之后,我和辛迪搬出了那家脏乱破旧的小旅馆,找了一个落脚点,在老乡家里租了一间小小的民房,房子已经很旧了,斑驳脱落的痕迹透出了年代的久远,墙角长满了绿色的青苔。外面有一个小小的院落,院子里有一棵金橘树,挂着一个个小小的金橘,像一盏盏的小灯笼,在风中轻轻地摇曳,非常可爱。

辛迪转回头看我,他的眼神温凉如水,充满自信地说,越是破旧的地方,安全系数越高,罗恩不会想到,我们竟然会住在这样的

狗窝里。辛迪的脸上挂着得意的笑容,小笨猫,就是有点委屈你了。

我对辛迪仰起甜甜的笑脸,像风中葵花,对爱情充满了痴迷和期待。

在这间小房子里,我和辛迪过上了田园诗一般的生活。早晨起床后或晚上睡觉前,辛迪会拥着我的肩膀,在巷子里的石板路上散步,高跟鞋落在石板路上发出清脆悦耳的声音,清凉的风扑面而来,把我的卷曲的长发吹向脑后。我们在巷子口的小摊上分享一碗炒米粉,这就是我想要的生活,有爱,喝水亦饱。

我对辛迪说,我们一直这样过下去,一直到嘴里没有一颗牙齿,一直到白发苍苍。辛迪刮着我的鼻子笑道,小笨猫,你是一个理想的完美主义者。辛迪一直叫我小笨猫。我撅起嘴问他,你到底答不答应吗?辛迪便故意逗我,挠着头说,让我想想,让我想想。我扑上去咬他,辛迪便求饶,小笨猫,我能想到最浪漫的事儿,就是一起慢慢变老。

3

其实我和辛迪都不属于小城的寂寞和单调,哪怕我们是一颗种子,也不会在这种小地方发芽开花结果,幸福快乐的小城生活只是暂时的,是一种生活的表象、虚假的繁华。可是我并没有清醒地认清这一点,以为这就是我想要的快乐生活。

我和辛迪去了两趟庐山,回来后便再也不想去,再好的风景也有看厌的时候。

这种日子令人憋闷得想哭想喊,到后来,连做爱也提不起兴趣,我和辛迪便搬两只小凳子,每天在小院子里晒太阳,像一对迟暮之年的老人,对生活无欲无求,这就是当初哭着喊着一起跑出来投奔的新生活?

有一天傍晚,房东太太的儿子来拿房租,他是一个很帅气的小伙子,嘴巴特甜。辛迪问他小城里有什么好玩的去处,他笑嘻嘻地说,我知道有一家酒吧特好玩,我带哥哥姐姐去吧!他的提议立刻得到了我和辛迪的响应,于是一起打车前往。

酒吧是很小的一间,并不起眼,临街。我跟在辛迪的身后,细细地打量,粗劣的装修,谈不上品味和风格,设备简陋,叫不上名字的音乐,吧台里酒水倒还齐全,一个留着非常怪异发型的男人在调酒。酒吧里的人不算少,各自不相干地喝着酒,神情冷漠不屑,气氛诡异。我和辛迪待了一会儿便回家了,辛迪有些意犹未尽,不想走,但经不住我的固执,我怕出乱子,那种地方,人多、杂乱无章,还是少去为妙。

之后,辛迪常常找借口外出,深夜,满身酒气地回来。我断定他是背着我,一个人偷偷地跑到那家小酒吧喝酒去了,我不能忍受他的行为,故意闭着眼睛不理他。他摇摇晃晃地走过来,伸手解我的衣扣,那晚碰巧我穿了一件黑色的长袖衫,有很多颗小纽

扣,他解不开,趁机我一下子把他推到墙角。他冷笑,你后悔了?我不理他,他被我的冷漠激怒了,走过来把我抱在怀里,我挣脱不了,他两只手扯住我的两片衣襟,用力一扯,衣扣便纷纷脱落,我彻底裸露在辛迪的眼前,他走过来,不由分说地抱起我,扔到床上。

我哭了,咬他。他不理,继续吻我的脖子,吻我的眼睛,吻我的唇,他的吻充满了激情。我和辛迪纠缠在一起,眼泪渐渐流下来,我觉得他正在慢慢地背离初衷。

4

从一开始我就知道,他不是我的港湾。可是经不住辛迪一次次地转身,对我绽放出低调、含蓄的笑容,我在他的笑容里,一步步地沦陷。只穿杰尼亚的辛迪,非常恰当地诱惑着我,我像一个在花丛中迷路的孩子,或者是一个寻找丢失了糖果的孩子,终于一点点跌进他的臂弯里。

彼时,我们在北方。

我是一家公司的财务总监,在公司里拥有一人之下,百人之上,绝对至高无上的权力。辛迪是我们公司聘请的法律顾问,常来常往,一个星期至少来几次公司。

30岁的辛迪并没有办过几件有轰动效应的案子,所以一直默默无闻,兼任几家公司的法律顾问,挣点琐碎而微薄的薪水度日。但辛迪并不是一无所长,他天生长了一张令女人着迷的脸,硬朗的线条、不错的品味、优雅的举止,一切都好像是率性而为,但一切又是那样的恰到好处。

我就是在那个时候遇到他的。

尽管他没有罗恩富有,但是他却比罗恩有责任感。罗恩的花心深深地伤透了我的心,今天和女秘书传出桃色艳情,明天又和某女大学生传出风流艳遇,永远让我应接不暇,让我无所适从,罗恩的无所顾忌让我有受伤的感觉。辛迪就是这时候恰到好处地进入我的视线之内,辛迪的镇定、从容给了我安慰和底气。我只是想找一个可以给我踏实感的男人,安安稳稳地过完下半辈子,如此而已,而已。

辛迪便是我要找的人。

可是,仅仅是几个月之后,那些所谓的幸福变得苍白无力,我甚至不知道罗恩什么时候回来,什么时候走。夜深人静,我一个人躺在这样一个陌生的地方,这个不是家的家里,睡不着,我已经失眠很久了,人变得干枯瘦弱,掉头发。想起从前所谓的幸福,眼泪在不知不觉中流下来。

5

我和辛迪之间,变得微妙起来,不吵架、不争执,只是漠然地相对。辛迪已经不是当初我所认识的那个辛迪,他越来越瘦,两

只眼睛因此显得又大又亮,他的脾气越来越坏,他的逻辑越来越不可理喻。

去银行取钱,才发现卡里的钱已经被提走了大半,心中不由得惊悸不已。辛迪用了那么多的钱,却从来不曾和我打过招呼。

当初,彼此相爱,需要一个载体来证明爱情的至高无上,所以信用卡设定的密码是辛迪的生日。

晚上,辛迪回来后,很疲惫的样子,一屁股坐在破沙发上,我跟他提及此事,他轻描淡写地说,和人赌钱,输了。

我知道他在搪塞我,可是,面对辛迪,我爱的人,我真的不知道怎样说起,我有些歇斯底里地说,那么多的钱,那么多、那么多的钱,足够我们用半辈子的钱,全都输了?

辛迪把头转向一边,不屑地说,你心里只有钱,你把钱看得比生命还重要。他的话轻而易举地把我击败了,我呆怔在那里,不知道说什么好。曾经以为一生一世,曾经以为天长地久,曾经以为只有他懂得我,终究都抵不过一个钱字,只是我看清楚事实的真相,已经太晚,一切都已经不可能回头,我清楚地看见,我的心幻化成花瓣,纷纷地在眼前坠落。

我捧着一只小熊的情侣瓷杯,去厨房倒了一杯水,慢慢地喝下去,借此稳定我的情绪。这只杯子是辛迪在北方的时候送给我的,我一直宝贝一样带在身边。当初从家里走的时候,匆忙之中,很多东西都没有带,包括罗恩去法国回来送我的名牌化妆品,却唯独把这只杯子捧在手心里,千里迢迢,怕它碎了,怕它破了,以为捧在手心里的是我们的爱情。

我看着辛迪的眼睛,这个男人竟说出如此令我委屈的话。我亦决绝地对他说,是的,我爱钱,我的心里只有钱,可是这些钱都是我的,我可以坐在家里从从容容地爱,而不必像现在这样,每天都提心吊胆地住在一个蟑螂臭虫满屋乱窜的小房子里,替别人洗衣煮饭。

我的话彻底地剥掉了辛迪的自尊,但辛迪却仍然理直气壮,并且很无耻地说,我是爱你,可是我更爱钱。尔后摔门而去。

我的身体抖成一团,我被无边的冷淹没。

6

辛迪一连几天都没有回来,他终于肯承认爱钱多过于爱我。我们都是坏孩子,我为了爱他,毅然决然地斩断了罗恩的情义,而他为了爱钱,不惜把我当作了跳板。我们都是被欲望左右着的坏小孩。

也许一开始就是我错了,我把辛迪的刻意接近当成了爱情。我在心中嘲笑自己,以爱情的名义,糊里糊涂地上了别人的船。

躺在阴暗潮湿的屋子里,昏昏沉沉,一连几天粒米未进,我病了。朦朦胧胧之中,似乎看到辛迪坐在床边看我,眼神中充满了温情与关爱,可是一睁开眼睛梦就醒了,哪里有辛迪的影子。

我的心情灰败，不由得想，爱情于我是终生的事业，爱情于辛迪，不过是餐前的甜点或者下午茶。

辛迪根本不管我的死活，连个电话都没有打回来，我不由得想起了罗恩，那个令我厌烦的罗恩，此刻想起来，方知道他是天底下除父亲之外对我最好的男人。以前生病，他总是不厌其烦地陪我去医院，督促我吃药，我不吃他便站在旁边不离开，他把药放在我的掌心里，我趁他转头之际，便把药放进口袋。他转回头时，我骗他说吃完了，我说什么他都相信，他甚至让我做了他公司里的财务总监，我却趁机拿走了他很多的钱。我嫌他琐碎，嫌他啰嗦，嫌他花心，所以我弃他男人的尊严于不顾，义无反顾地丢掉了那把幸福的钥匙。

口干舌燥，嘴唇干裂出一道道细细的口子，有咸腥的疼痛，一直痛到心里，没有人可以倒一碗水给我喝，我想我快死了。

我挣扎着爬起来，伸手去拿床头柜上的电话，我想给罗恩打电话，纵然就是他报案把我抓起来，也是我咎由自取，自作自受。

拨了那个熟悉的电话号码，不知道为什么，我的手抖动得厉害，心跳个不停，电话响过三声，那是一个极漫长的过程，半天，电话里传来罗恩熟悉的声音，但仿佛苍老了许多，我听着听着，眼泪不能自抑地落下来，心中绞疼，绝望的心情在时间里漫延。

我轻轻地挂了电话，一句话没有说，然后挣扎着爬下床，从床底取出一个破柳条箱子，然后打开卷成一卷的旧衣服，那里面有一张卡。上面有很多钱,我把那张卡握在手心里,笑到眼泪流出来。一路上,我丢掉了很多东西,但一直没有舍得扔掉这个旧衣服,辛迪不解,我说这是妈妈给我的买的衣服,虽然旧,但这里面有爱,也许一辈子再也见不到妈妈了,辛迪容忍了我的解释,再没有跟这件旧衣服过不去。辛迪不知道,他拿走的,不及我的总数的二分之一,他就迫不及待地把我像破抹布一样扔出来,只要他再多一点点的耐心,说不定这些钱都是他的,可是他却早早地谢幕。

7

一天,我正在发呆,坐在小院里看蚂蚁上树,房东太太的儿子来拿房租,他说,姐姐,你还是回你原来的城市去吧!辛迪哥哥说让你回去找罗恩,他会照顾你的。我疑惑地转过头来看他,你怎么知道?他吞吞吐吐地说,是辛迪哥哥让我转告你的。我自嘲地笑,他弃我如敝屣,任我自生自灭,竟然还有心情管我去哪里?房东太太的儿子勉强挤出一丝笑容,他说,姐姐,不是你想的那个样子,他是有苦衷的。我讥讽道,他的苦衷我不知道,你知道?他是世界上最不负责任的男人。房东太太的儿子红了脸,梗着脖子说,想不到你真是个狠心的女人,辛迪哥哥得了肺癌那么久,怕连累你,所以才一个人走了,你竟然如此说他。

我忽然呆住,我不相信地看着他,他重重地点了点头,我就那样傻傻地看着他,一句话都说不出来,眼泪霎时溢满了我的眼睛,怪不得他那么瘦,我一直以为他是把那些钱拿去吸白粉,所以身体情况才很差。

我把头深深地埋在膝上,眼泪哗哗地流下来,我恨他,恨他把我一个人扔在这个陌生的小城里,恨他再也不会喊我小笨猫。

8

辛迪已经很久没有回来了,我挣扎着爬起来,伸手去拿床头柜上的电话,打给辛迪。我说辛迪,你回来,我想再看你最后一眼,然后从此不说爱。辛迪犹豫了一下,但还是答应了。

我开始迅速收拾起来,化浓妆遮住脸颊的苍白,穿有很多纽扣的黑色小衫,衬得腰身纤瘦,然后打电话给附近的饭店,叫了红酒和辛迪喜欢吃的菜。做好这一切,然后慢慢等着辛迪回来,等待的间隙,我想起了和辛迪的过往。

辛迪推门进来,他依旧如往昔一般,神情恬淡安详,我扑进他的怀里,眼泪纷纷坠落,他轻轻地推开我,坐在一把椅子上,事不关己地问,找我有事儿?他的态度激怒了我,我咬住嘴唇,沉吟,转过身,依旧笑靥如花地对他,我说,你放心!我不会再纠缠你。陪我吃最后的晚餐,从此陌路,好吗?

他扫了一眼餐桌上准备好的吃食,不置可否。他端起那杯红酒,在眼前晃了晃,液体在玻璃杯里流转,像血。他仰起脖子,杯中之物顷刻进入他的身体里。

我的手指颤抖得拿不住杯子,掉在地上,瞬间变成一些碎片,我软瘫在地上,玻璃的碎片扎进我的小腿,有血流出来,我没有感觉到,慢慢爬起来,倒了一杯,慢慢喝下。辛迪眼睁睁地看着我,说不,但没用,我已喝下。我爬到辛迪的膝下,抱住他的腿,眼泪像开了闸的河水奔涌。我抓住辛迪的手,骂,你怎么那样傻?干吗要喝?他笑,有毒是吗?小笨猫,死在你的手里,我心甘情愿。

我哭得止不住,心中疼痛起来,绝望的心情在时间里漫延。

辛迪轻轻地抚我的脸,说,笨猫,你真傻,我不值得你为我搭上性命。当初不计后果地和你一起出逃,是因为我知道自己命不久矣,我害怕,我恐惧,拉上你,是因为那时我并不爱你。后来,我发现我真的爱上了你,这比失去生命更让我恐惧,所以我想离开你。

眼泪没干,我兀自笑了,抱紧辛迪,紧紧地,一起去天堂。两个人一起,不孤单,尽管我还是有些留恋尘世的生活,哪怕有残缺。

我仰起头,努力把眼泪忍回去,有些人生,有些路途,只有走过了才能明白,只是从此再也无法回头,生活多么像一朵怒放的伤花,它才不管我们的心情如何,独自怒放。

醒转过来,已经是第二天中午,头疼欲裂,我拒绝了辛迪的请求,我还有什么脸再回到罗恩的身边?

　　我把那些钱拿出来,在当地建了一所小学,教几个乡下孩子读书,我再也没有回到原来的城市,一边教书,一边守候着辛迪,直到他生命的最后时刻。

　　我有一把叫幸福的钥匙,却打不开一扇叫幸福的门,因为幸福在我心里。下课的间隙,想起那些和辛迪在一起的时光,和辛迪一起在小巷口分享一碗炒米粉的日子,恍然如梦。

许我一个未来

1

27岁以前,我一直待在南方的一座城市里,一边工作,一边过着声色犬马的奢靡生活,带着一股腐烂和衰败的味道,仿佛我拼命工作挣来的钱,唯一的目的就是为了享受生活,交很多的女朋友,我爱她们每一个,不过真正意义上交往过的,一个也没有超过三个月,最后大多无疾而终,友好地分手,没有一点点的爱,杂在其中。我爱我们,但却给不了她们未来,哪怕那些妖艳的美眉诱惑了我,我清晰地明了,我更爱的是自己。

除了工作,没有一样事能让我认真起来。

朋友说我无药可救,我就做出无所谓的样子耸肩。不出差不飞外地的时候,就是我心情最好的时候,泡吧的时候,捎带跟朋友讲那些艳遇,一个一个城市遗留下来的轨迹,像讲别人的故事一般,用嘲笑和讥讽的语气,吐沫腥子乱飞,想来那时我的嘴是酸腐刻薄的,夹杂着一丝难闻的气味。

一杯一杯喝那些产自巴西的黑咖啡,口感纯正、提神,是前两年工作时养成的恶习,有时候赶工赶通宵,这种咖啡便成了我精神上的毒药,没有办法戒掉,直到后来,一直喝、一直喝,一天不喝便如死一般难受,我知道我是上瘾了,像对工作,像对女人。

明知如此,却依然故我地放纵,有时候去街角的那家咖啡馆泡一个晚上,看老板娘奶油溶化一般稀释的笑脸,如花蝴蝶穿梭在客人中间,借故与她调笑,暗影里趁她不备,在她的大腿上摸一把,老板娘的脸上是一堆似嗔似喜,无法言明的暧昧的笑。

后半夜三四点钟的时候,通常会放一些怀旧的英文老歌,我喜欢那首60年代的《昨日重现》,只有听这首歌的时候,我那颗飘着的心才会在某个角落里暂停下来。听完歌我就离开了,回到那幢破败的老式公寓里,睡两个小时,然后起床洗澡,换上从街角干洗店里刚刚取回来的带着淡淡清香的内衣,名牌西装的行头,那是我的盔甲,不吃早点,然后赶去公司开工。

日复一日地重复着,挥霍无度的生活,无喜也无忧,哪怕是做成一单空前绝后的大生意,都不能让我兴奋。某天,忽然厌倦了这种生活,于是收拾细软,恣意妄为地关闭公司,连夜乘飞机逃跑似的回到了北方。

北方有我的家。我在一个离家很近的地方找了一个栖身之地,然后着手组建新公司,仍然做我熟悉的广告行业。

2

那年8月,我和末儿第一次相遇。

末儿站在树下的阴影里,正对着一间大厦的落地玻璃窗发呆。我透过厚厚的玻璃看过去,目光无意中与她相遇,对视的时候,彼此都不肯把目光挪开,放肆地一直看、一直看,相互对峙,忽然听到心中有一种碎的声响,一寸一寸地透出肌肤,渐渐地便有了内伤,像是一个溺水的人,渴望着她能伸出一只手来搭救我,或者她能先于我而退回到彼岸。

她的嘴角渐渐地牵出一丝淡淡的笑容,模糊不清的样子,年轻的容颜、新鲜的肌肤,黑亮的眸子闪着星星一样的光,梳两条麻花辫,穿着灰绿色的麻纱上衣,袖口缀着手工缝制的灰绿而又细碎的花朵,很费工夫的那种,旧旧的水墨灰的长裤,赤着脚穿一双做工很精细的凉鞋。

我猜想着这个年轻的女子是什么来历。她站在街边的样子,仿佛混沌天空下,站在湄公河边等待一去不返的中国情人的少女,安静而深情,让人颇为心动。当然,更像一幅意境优美的油画，没有她，油画便会失色。

我按响内线电话，叫安安进来，安安垂手立在桌边，问我有什么吩咐。安安是我新聘的助手，妆容精致，低眉内敛，进退都很有分寸。我说，你出去看看，她可能是来应聘的。

5分钟之后，末儿已经坐到了我的办公室里，与我只隔了一张桌子的距离，我甚至能清楚地看见她眼底的一抹微蓝。我亲手奉上专为她冲制的一杯咖啡，冒着袅袅的香气，她自然不会知道我对她特别的礼遇。她贪婪地喝下去，然后轻轻地抿了一下嘴唇，仿佛留恋唇上咖啡最后的馨香，纯真如婴儿一般的动作，令我怦然心动。她抬起头来看我，清澈如水的目光有些微的凉意，像我心中的一道伤口，微微地麻酥酥地痛。

我开始盘问坐在面前的这个女子，安安站在边上，眼神锐利地盯着她，仿佛与我一样同仇敌忾，我在心中暗笑，安安这样的女子，有时也会聪明外露。

末儿是学美术的，她的应试作品是从包里随便掏出来的一张小画，上面有四幅小图，每一张都紧扣主题，灰绿的色调、大块的对比色，运用得很大胆，但看起来又很协调，像是瞬间爆发的激情与灵感，冲击视觉神经，这一刻我忽然觉得自己是懂得她的，懂得她在色彩世界中的纷乱、矛盾与挣扎。

我告诉她，你被录用了。

她坐在那儿，既没有兴奋也不失落，完全不是一个应聘者所应该有的眼神,也无惊喜也无焦虑,平淡如水,温润的眼神透过空气,茫然地落到我的脸上。我在她的眼神中沦落,找不到方向。于是我又犯了老毛病,自说自话,我请你吃饭吧!

我顾不得安安在身后警告的眼神,逃离一般抓住她的手,她很瘦,一串暗淡的亚光银丝手镯从臂上滑下来。

她很顺从地跟着我。我带她去"绿岛食府"吃小龙虾,我把小龙虾的皮剥掉,放在她面前的小碟子里,粉白红艳,她吃得很快乐,脸上漾着孩子般甜美的笑。

那晚,我知道了她的名字,末儿。

3

之后,末儿真的开始来公司上班,只是她的性格古怪阴郁,脾气又急躁,与同事三言两语不合吵起来是常有的事,我夹在中间两头为难。

末儿只有在我面前才会露出那种蚀骨的温柔,而其余时间,多数会像一只身上长刺的小刺猬,到处扎人,从不知道隐藏。

开始,安安故意挑她的刺,她慌了手脚,不知道该如何应对,像一只困倦的小兽,竖起身上所有的刺来抵御。末儿在公司里终于没能做足一个月,便辞职了。安安便以胜利者的姿态居之,当然,她是不会写在脸上的,然而,我是明白的,安安是把末儿当成了对手。

末儿第一次去我家里那天,是她辞职两周之后,那天她从外面推门进来,黄昏的阳光明明灭灭地映在她的脸上,她穿白衬衫、有很多口袋,分不出腰身的那种水洗布的裤子,一只帆布包有着长长的肩带,斜挂在肩上,从包里延伸出一根耳机的线,塞在耳朵里,脸上看不出表情,漠然而苍白,像一棵孤独地生长在角落里的植物。

我抢过耳麦,里面传来一首曲子,是专辑《道禅》中的一首,末儿说是《问道》。我听了之后,心中混沌一片,明灭不清,感觉风没有方向地吹来,肢体便在风中舒展。琳琳朗朗的乐声有些远古、苍凉,但是传达给我的却是一种从未有过的心灵震撼。我扳着末儿的手指问道,为什么听这个?

喜欢。末儿总是简单而随意,但却不能令我满意。

末儿说,你不懂,是因为你尘世的根太深。

我的确不大懂她说话的意思。末儿来的时候,只带了几件衣服,那就是她全部的家当,我看了觉得心痛,打算带她去太平洋百货买一些年轻女子该有的东西,比如口红、香水、文胸,不知为什么,对她,我有一种深深的怜惜和眷恋。

末儿却说她从来不用这些东西,包括从来不穿文胸。她抵死不肯花我的钱,让我觉得很伤自尊。

那晚她没有走,坐在沙发上给我削苹果,锋利的水果刀把她的中指削了一道伤口,血流下来,一滴一滴,惊艳的红。我吓坏了,从沙发上一跃起而起,找纱布和酒精,血止不住,只好带她去医院。

路上,末儿看着我,忽然笑,说,亲爱的,许我一个未来吧!

我看着她纯真的眼睛,瘦弱无依的样子,不忍拒绝她。我知道这是诗人当年对名媛淑女说过的话,此刻从末儿的嘴里说出来,我竟有些恍惚。

4

那以后的日子里,常常看到末儿听这首曲子,孤独或寂寞的夜里,睡不着的时候,泡在浴盆里熏香的时候,都是这支曲子伴着她。

做爱的时候,末儿喜欢流泪,令人想到绝望或者末日之类的词汇。末儿穿着有蕾丝花边的内衣,小巧的腰身竭力迎合着我,像一朵开在夜晚的花朵,绽放着、摇摆着。长发水草一样缠绕着我。南方的日子里,也曾有过许多次与女子肌肤相亲的夜晚,可是却没有一个人能像末儿带给我的惊悸和怅惘。

那个晚上,末儿问我,你会不会离开我?

我看着她纯真的眼睛,孩子一般瘦弱和无依,不忍、不舍伤害她,极认真地想了一下说,不会。

末儿听了便会很满足,脸上露出那种透明的笑容,伸出两只长长的手臂,绕住我的脖子,在我的脸上亲吻。

我不在家的时候,末儿会在我房间里画一些工笔的线条画,画得最多的是那种藤蔓植物,依附于墙或者某种物体,柔软而又坚韧。有时候也画一些人物或静物,卖给图书或杂志做插画,居然有人肯出不菲的价格买她那苍白而病态的画,每次收到稿费,她便会回光返照般地灿烂,扬言要请我到最好的酒店吃西餐。

末儿不会烧菜,但她会煮咖啡。她常常在睡前两个人像一对老夫妻安静地相依的时刻,给我讲关于咖啡的喝法。

我爱咖啡,像爱女人一样。

末儿好像深深地懂得我。她说,咖啡也像一个女人,不同的阶段有不同的香味,刚开始冲泡时,咖啡的香味极为生涩,像一个少女初解风情的情怀,然后香味才会渐渐转浓,继而醇香,像一个女人的花样年华。喝咖啡之前,应该先闻其香,再观其色。然后小口品啜,含而不吞,让咖啡在口腔中慢慢蠕动,最后咽下。喝咖啡的步骤其实和做爱是一样的。

我先是屏息倾听,尔后听到末儿连做爱的话都说出来了,忍不住扑上去搔她的痒,她笑得气若游丝,仿佛一口气提不上来,便会一命呜呼,吓得我赶紧住手,现在想来,那可能是我和末儿同居生活中最灿烂的日子。

末儿常常对着我傻笑,说,一生能给你做一顿饭,生一个 Ba-by,足矣,死了也知足了。

我忙忙地掩住她的口,嗔怪道,怎么说这么不吉利的话呢?

将来,将来我们会有许多小孩子,绕在我们的膝下,叫我爸爸,叫你妈妈。说这些话的时候,我是快乐的,我从来没有想过,这些快乐却是和末儿无缘的。

末儿听了,沉吟良久才说,这是我不能选择的。

我忽然觉得心如刀割,仿佛有一只手硬生生地要把我们分开。

5

从末儿给我煮咖啡之后,我再没有喝过安安给我冲泡的速溶咖啡,安安看我的时候,眼底有一丝不易觉察的凌厉,冰冷。

安安不甘就这样罢手,常常给我打电话,起先末儿总是安静地在一边听着,偶尔也调侃几句。后来,每晚安安给我的电话占掉了很大一块时间。末儿不悦,和我吵了起来。吵得很凶。

我很生气,认为她小题大做,不理她,吸烟的时候,一回头,不见了末儿,我紧张起来,到处找,一间屋子一间屋子地找,后来在客厅窗台上找到她,她抱膝坐在窗台上,躲在窗纱后面默默地掉眼泪。

我的心吊到嗓子眼,嗵嗵乱跳,28层楼啊,掉下去,会万劫不复。我软语温言,一步一步靠近她,努力使她的情绪稳定下来,嘴里说,末儿,跟我捉迷藏啊?怎么愈发像个醋缸了。

末儿不理我,我从她身后轻轻地抱住她,说,去洗个澡,换衣

服,我带你出去散步。

我揽住她的肩,双手把她抱下窗台,顺便望了一眼窗外,汽车像火柴盒一般,行人如蚂蚁。我全身汗湿,虚脱了一般,身上没有一点力气,我觉得很累,心累。

有一天我下班回来,发现末儿把墙上的一幅布达拉宫的挂毯剪坏了,那是我去西藏时特地带回的,满脸的沧桑行色,肩上却背着一块毯子,样子狼狈但那却是我的心爱之物。

末儿剪得满屋子都是粉末,我很生气,止不住出口伤人,我在心中问自己,真的不再爱她了吗?

末儿茫然地看我,她的眼神一下子就刺伤了我。她扔下剪刀跑过来,把头偎在我的怀里,嘴里却一句、一句地拿话来噎我,除了彼此伤害,什么问题也解决不了,重要的是我根本不知道我和她之间出了什么问题。

夜里,我下意识地伸出手,身边没有了末儿,大惊,爬起来打开灯,一间屋子一间屋子地找,推开浴室的门,末儿在氤氲的水汽中,模糊不清的脸,浴盆里的水惊人的红艳,像血。

我所能想到的只有一种可能,一步抢进去抱住湿淋淋的末儿,她的鼻息轻轻地散落在我的耳边。她笑了,说,我的一支口红掉进了水里。

分明听到末儿这样说,但我的心犹自未定,突突地乱跳。

我和她,就像两个孩子过家家,在一起做得最多的,就是亲吻、吵架、分离，然后末儿离家出走，我追到街角，远远地看着她上了的士，绝尘而去，不顾我的挽留，也让我清晰地看到，她只是表面上的逆来顺受，骨子里却是叛逆、偏执、我行我素。

我抬手叫了的士，木然地对司机说，跟上前边那辆车。我不错眼地盯着末儿乘坐的出租车。车子往城南方向驶，快到郊区的时候，末儿在一幢楼前下车，在楼下等了五六分钟的样子，楼上下来一个男人。

我远远地看着，两个人说了几句话，然后便纠缠在一起，男人要拿末儿手里的包，末儿不肯，两个人拉拉扯扯。

有一刻，我甚至冲动得想下车，叫住末儿，但我还是忍住了。末儿像一个谜一样，原来自己对她并不了解，我忽然有些害怕，怕失去。

回到家里，给末儿发手机短信，统统石沉大海，没有一点回音。

没有末儿，我觉得有些无所适从，习惯了和末儿在一起的日子，哪怕在一起，什么都不做，什么都不说。

6

尔后没有什么预兆的日子，夜半之时，我清醒地看到末儿风一般悄悄地从门缝里挤进来，站在床边抚我的脸，一下、一下，冰凉的指尖在我的肌肤上游走，她是爱我的。是的。远胜于我爱她。

我从床上一跃而起,像一条睡觉时没有闭上眼睛的鱼,我把末儿揽进怀里,相拥而泣,我觉得自己再也禁不起风吹草动。

末儿不是最好的,但却是唯一的一个版本,不可复制,她是我前世的宿因、今世的一颗美丽的果。末儿说,许我一个未来,亲爱的,许我一个未来吧!

我拥住她,心中很疼,数次,我都想问末儿,那个住在城南的男人是谁,但终于还是忍住了。

冬日的阳光斜进窗棂,末儿发烧,终日咳个不停,我怀疑她得了肺炎,带她去医院检查,在走廊的长椅上等,度日如年。

护士冷漠地喊她的名字,检查完毕,她出来了,像一朵雨中的花朵,战栗却是生动的,笑靥如花,她说,只是虚惊一场。我把她拥在怀里,她贴着我的耳朵说,医生让你进去一趟。我忽然觉得,事情远没有她想的那样简单,果然,医生俯在我的耳边,晦涩地建议我带末儿去看精神科。

回来后,我把医生的意思小心翼翼地转达给末儿,她忽然不认识我似的看着我,眼睛里除了惊恐还有一丝混乱,陌生和疏离。她要抽回那只被我握住的手,我不松,她情急之下就乱甩胳膊,摇晃我的身体,那样娇小的她,力气却大得惊人,她的手指抠进我的肌肤之中,有血慢慢渗出来。

我心中大恸。

7

很长一段时间,我和末儿一直笼罩在灰色的情绪之中,然后听到安安辞职的消息,她带着公司里的最高商业秘密还有客户转逃至我的对手的公司,她欲置我于死地。用安安的话说,得不到,便打碎。

听到这个消息,我一点都没有难过,打电话过去感谢她,倒是她显得震惊,大约以为我神经错乱了。

其实我很清醒,我只是感谢她成全我,不然我还真的狠不下心来关掉公司。

结束了,很多人都为我惋惜,因为公司才刚刚有了点起色,可是我已无心向此。

终于在一个平常的日子里,有了一个不是我们想要的答案,医生说,末儿一直有间歇精神分裂。

我颓然坐倒在椅子,手心有湿漉漉的汗冒出,我从来没有这么绝望,是的,是绝望。我坐在洗手间的马桶上吸烟、梳理着乱纷纷的过往,末儿曾经很多次跟我说过,许我一个未来。我真的担心,她的未来,不是我能负担得起的。因为遗传,这种隐性基因初时并不很明显,可是一旦遇到外因,就会突然爆发,每次,她歇斯底里的时候,都会把自己弄得伤痕累累,手臂上青一块,紫一块。

末儿问我医生怎么说,我故意做出无所谓的样子告诉她,医生说你太爱激动了，情绪不稳定，不利于怀孕。末儿的脸上飞上一抹娇羞的红云，我把她揽在怀里，发现她半天没吭声，肩膀一抖一抖的，我扳过她的脸，她早已泪流满面。她说，其实我很早就知道，小时候，有一次我偶然看到爸爸打我妈妈，他每次打人，很凶，我妈妈满身是血，令人不忍睹，我当场失去理智，抢过他手中的棍子，疯了一般打他，一直打到我爸爸求饶，那时我才十来岁的样子，从此只要一遇到外界的强烈刺激，就会爆发。

第一次遇到你那天，我跟前夫吵架，我很生气，满街乱走，然后遇到你。我从来没想去你的公司应聘，是你把我扯进去，硬说我是去应聘的，那天我碰巧只是路过那里，瞬间掉进了与你对视的眼神里，命运之手牵引着我，从此和你扯上了关系。

对了，就是那天你跟踪我，看到的那个男人，他跟我离婚了，我们结婚一年零27天。我呆住，原来她什么都知道，知道我曾跟踪过她。

末儿在我的怀里瑟瑟发抖，我轻轻抚着她的长发，说，末儿，别怕，我愿意和你一起承担，一起治疗，用很多很多的爱，治好你，好不好？

那天晚上，我向末儿求婚，我会给她一个未来，用爱。末儿的脸上露出了前所未有的晴朗。

逃

逃

1

是 4 月里。

罗茜想去省城,她犹豫着要不要带上丑娃,丑娃是她最喜欢的布偶,红豆做的眼睛、黄疏的头发,因此看上去比她还丑,没有人喜欢丑娃,被丢弃在墙角里,那么孤单和仓皇,也因此她更加怜爱丑娃,没有人的时候,她会拣起来,拍拍丑娃头顶上的尘土,自言自语地和它说话。

走的那天,她费了很大的劲,才把丑娃塞进了小小的行囊里,一步三回头,依依不舍地离开了小镇。

说好了青萍来接她,可是下了火车,连她的影子都没有看到?罗茜慌慌地攥住衣服上的最后一颗纽扣,在陌生的人潮中惊慌失措,陌生的脸,一张张从眼前晃过,她下意识地握紧行囊的背带。

青萍是罗茜的表姐,大学毕业后留在省城的一家外资公司工作。偶尔回小城,时尚的衣饰,举手投足,从容中有一份不在乎的洒脱,她跟罗茜讲生活、工作、爱情,她带罗茜去镇上唯一的一家咖啡馆喝着并不纯正的咖啡,青萍说她喜欢小镇上散淡的生活,没有纷繁的人事之争,也没有虚与委蛇的推脱,连空气中都带着清馨的甜香,将来退休之后,回小镇上养老。

罗茜呆怔在那里,不错眼地看青萍,仿佛是想探究这话有几分真诚与虚伪。不能否认,她向往青萍的生活方式,可以像一只风筝,自由自在地在蓝天飞翔,可以和喜欢的男人谈恋爱。而她不同,潦草地念完中等幼师学校,顺理成章地在小镇上的幼儿园里,做了一名光荣的幼儿教师。人长得又不好看,细长的眼睛,没有睡醒似的,黄黄的头发,像营养不良,戴着瓶底一样的近视眼镜。就是这样,还被幼儿园园长的儿子看中,想要强行娶她,她慌了,怎么会把一生的幸福,就那么胡乱地维系在一个男人的身上?

第一个闪过脑海的想法就是逃,逃婚一路逃到省城,可是青萍姐也真够狠心的,怎么就不顾及她人生地不熟?怎么就不顾及她初次出门的慌里慌张?她的鼻尖上冒出米粒一样细密的汗珠。

2

正等得心焦,一辆铃木摩托"嗖"的一声停在她面前,车上的人一只腿支在地上,并不下车,摘下安全帽抱在怀里,眯着眼睛打量她,嘴角上扬,扯出一丝笑容。

看得罗茜慌慌地往后退,这是一个帅得令人窒息的男子,小镇上也有,只是那些都是阳光的规矩的好男孩,就算是坏男孩,至多也就光着个膀子在街上横晃,不会像他这样眯着眼睛看人,有一点点痞,有一点点坏。

他说他叫苏原,是来接她的。罗茜看着他,内心里充满戒备,清清脆脆地说,俺不认识你,表姐说了,不能随便跟陌生人说话。苏原忍不住"扑哧"一声就笑了,嘴里嘟囔着,果然是个柴禾妞。

强硬派遇到难缠派,说死说活罗茜都不肯上他的车,他走过来,捉住她的手,罗茜把手背在身后,他急了,说知道她是幼儿老师,是逃婚至此。他说得很大声,青萍让我来接你的,尽管我有点花心,但我不会打你的主意。想想大约意犹未尽,坏坏地笑着贴紧罗茜的耳朵补充,你长得令我失望。

罗茜的脸一下飞上了红云,不情不愿地上了苏原的铃木,僵硬地撑住身体,努力地保持着和他之间的距离。风呼呼地从耳边掠过,速度不快,但罗茜仍然忍不住喊,慢点!苏原歪着头,冷冷地说,我建议你最好抱紧我,为了我们的安全。

她犹豫着要不要抱住苏原的腰。从来没有跟一个男人离得这么近，罗茜闻到苏原身上淡淡的烟草与汗味混合了的气息，心慌慌地跳，像偷了别人的东西一般。

3

那是一个很小的房子，大约有50个平方米，两室没有厅，房子挺新的，装修设施齐全。罗茜惊呼，青萍都有自己的房子了？她可真能干！苏原撇嘴说，你那表姐啊，她整天忙，飞来飞去，趁隙还和一个小白脸打得火热，没工夫管你，所以她把你丢给我了，这是我的家，你暂时住这里，将来有了工作，如果愿意住这里，得付我房租，如果不愿意住我这里，我求之不得。

罗茜惊异地瞪着他，就我们俩住在一起吗？她张口结舌地问，样子有点土。苏原被她气得乐了，我花心，但不是色狼，你这样的我没兴趣。房租暂且不收你的了，水电煤气自己负担。

罗茜气得脸都绿了，拖着行李进了自己的小房间，把丑娃放在床上，把几件简单的衣服挂在衣柜里，除此之外好像就别无他物了。

她坐在床边发呆，苏原敲门，还没等罗茜说请进，苏原的半个身子已经拱进来了，说，青萍找你。

罗茜欠身去他的屋里接电话，青萍说，妞，姐在外地，忙着呢，乖乖地听苏原的话，他会照顾你的，等姐回来带你去逛街，给你买漂亮衣服，给你买好吃的。罗茜觉得委屈，眼泪还没来得及掉下来,刚刚说了一句,喂……那边已经挂了电话,罗茜握着话筒呆呆地发怔。

苏原说,没出息,哭什么啊?是不是后悔没有嫁给那个幼儿园园长的儿子?

罗茜回头瞪他,心里怪青萍,这样的事儿也说给别人听,只觉得做了错事儿一般,羞愧难当。

夜里,罗茜睡觉几乎是睁一只眼闭一只眼,尽管她知道门已经被她锁住了,可是她还是担心他会有钥匙,因为这是他的家啊。第二天早上起来,她慌乱地跑到门边,检查缠绕在门锁上的那根细细的长发丝,依旧完好无损,她才长长地舒了一口气。

4

好不容易盼到天亮,昏头昏脑地冲进洗手间,苏原在门边窃笑,说,怎么气色那么差?一宿都忙着提防色狼了吧?罗茜不语,低着头看着脚尖。苏原又说,换上你最好的衣服,今天带你去公司报到。看什么看,我帮你找了工作,你不领情就算了,怎么还瞪我?真是,上辈子欠了你的。

罗茜锁上门,换上了最好的衣服,在镜子面前转了一圈,很满意,出来给苏原看。苏原皱眉说,谁还穿这样碎花的衣服啊?唉,品位这么差,今天先这样将就着,改天我慢慢教你。好在那公司的老板是我哥们,他会收留你的。

把罗茜说得像一只小猫小狗似的,收留这个字眼让她受伤,可是在这个举目只一个青萍姐的城市里,除了他,谁还肯帮自己呢?

仍然是苏原骑摩托带她,她在他的身后抱住他的腰,已不再像第一次那么拘谨和木讷,苏原表扬她,进步挺快啊!她的脸一下子绯红起来,只是,他看不到。

那家公司是经营地产的,老板姓刘,叫刘子涵,和苏原一样年轻,轮廓分明,戴眼镜,有些文绉绉的,礼貌地询问了罗茜一些相关事宜,然后同意罗茜来上班,3个月试用期。

罗茜几乎是蹦蹦跳跳走出来的,没有想到这么顺利,看来此番逃婚逃对了,罗茜窃喜,等在走廊里的苏原问她乐什么,她掩住嘴咯咯地笑,说运气真好!

苏原说,到楼下等我,我跟子涵交代几句就出来。罗茜点头,转身走出去十来步,忽然想起手袋忘在了刘子涵的办公室里,转头回来取,听到刘子涵唉声叹气地对苏原说,你在哪儿拣了这个傻妞,土得掉渣,不是给我出难题吗?苏原嘻嘻哈哈地笑,你又不是选老婆,不过是招一个小职员,举手之劳,说得上刀山下火海似的。刘子涵为难地说,可是她的形象和气质会影响本公司的声誉,我真的很为难。苏原冷笑,把桌子拍得很响,刘子涵,既然如此,别怪我从此我不当你是朋友,我们十几年的交情完了。

罗茜有些怕,怕两个人吵起来,不忍心听,转回头慢慢往楼下走,心像草叶尖上的露珠抖抖的。

苏原出来,端详着罗茜,有些恶狠狠地说,我就不信,你不是美女。

5

从那一天开始,苏原真的当起了罗茜的老师,一板一眼,像模像样,只不过不是教她算术语文这些,而是社交礼仪,穿衣打扮,品味修养,怎样和男人交往,过招。苏原本是学美术的,毕业后以画画为生,浪荡不羁,喜欢飙车,对什么事儿都不曾认真,但对重塑罗茜,充满了兴趣。

罗茜原本是一朵清馨淡雅的梨花,身上充满了田野的味道和青草的芬芳,朴实自然。苏原却要帮她由一朵淡雅质朴的小花变成高贵美丽的玫瑰。

这个庞大的工程哪是一朝一夕能够完成的呢?培养一个贵族,需要三代人的不懈努力,培养一个美女又需要多少时日呢?

罗茜在街角的蛋糕店找到了一份做蛋糕的工作,薪水不多,但可以养自己,重要的是不用苏原去低三下四地求人,他那脾气和个性,公子哥似的,哪是求人的料?不用付苏原房租,给自己一个最低的生活底限,所以经济上还算宽裕。

她喜欢蛋糕店里甜丝丝的气味,还可以用奶油在蛋糕上做出各种图案,比如丑娃,比如小房子什么都是她喜欢的。下班回家,

还可以顺便捎一块蛋糕给苏原,看着他馋猫一样吃完,然后抹抹嘴,那一刻,总会给她错觉。

每天晚上,苏原给她留很多功课,看碟,看小说,听音乐,他选择的电影音乐小说多是唯美空灵神秘的那种,很长一段时间里,他要她反反复复地听《神秘园》抑或看《青木瓜之味》那类电影,大段、大段的形体动作,极少台词,如诗如画的画面,可是在蛋糕店里站了一天的罗茜,还是忍不住睡着了。

刚开始,苏原会摇头叹气,叹息这个女孩怎么就没有一颗融入世俗社会的心呢?他的迫切和焦躁,她根本就不能理解。

罗茜原本是不需要很多衣服,站在蛋糕店里需要穿制服,可是苏原总是鼓励她买衣服,并且每次随行,还要贴上钱。他教她选择衣饰的品味、颜色的搭配,带她去看时装展。有一次在街上遇到他的朋友,朋友用眼角的余光瞟她,随意地问,你女朋友?苏原没有否认,那人便露出同情的神情,那一刻,罗茜想逃,多少屈辱,一下子堵在了心头,哽噎难咽。

6

难得见到一次青萍,她忙得脚打后脑勺,在天上飞来飞去,出差公干,派对酒会,谈一场没完没了的恋爱,如果不知道她是小镇上走出去的女儿,今天的青萍,早已融入都市生活的奢华和忙碌,红尘的根很深,在人前,再也看不到她小镇女儿的做派,哪怕是细节处。

青萍过生日时,难得请了很多朋友,大多都是她商场上的朋友,还有朋友的朋友。罗茜也去,苏原也去。为了这次聚会,苏原做了很多的准备,给罗茜选了灰绿的单肩裙,软皮的及踝靴鞋,简单流畅的线条,瓶底似的眼镜换成了隐形眼镜,长发水藻一样卷曲地落在肩上,透明的底妆、淡淡的唇彩,配上罗茜修长的身材,简直天衣无缝。

罗茜不是那种世俗妖媚的美,她细长的眼睛猫一样慵懒,纤腰一握,站在那里,像一株绿色的植物,优雅中有一丝微微的颓败的味道。苏原打量她,像打量一件艺术品,罗茜无疑是他最得意的作品,他把罗茜按照自己的意思重塑成冷艳傲慢的女子,不时尚,但另类。他不错眼地看着她,有一丝恍惚。

在会馆里,青萍见到罗茜,哇哇地乱叫,妞,你是谁啊?我怎么不认识你了?天,你像个百变女巫,把姐比下去了。她感叹,苏原这家伙,真有他的,肯在你身上下这么多的功夫,是不是爱上你了?罗茜把头摇得像拨浪鼓,说,苏原那家伙,心气高着呢,怎么会爱上我?他暗恋表姐还差不多,否则怎么肯帮表姐照顾我这个乡下傻妞?

青萍的心一下子就沉到了没有踪影的地方,她不知道该高兴还是悲哀,这丫头这么快就被现代文明侵蚀得体无完肤,会见人说人话,见鬼说鬼话,悟性高,进步神速。

青萍的很多朋友都想认识罗茜,指指点点,和青萍窃窃私语,苏原站在一边得意地看着这一切。

那晚刘子涵也来了,惊异地看着罗茜,眼光一刻不离地绕住她,寻机过来搭讪。罗茜淡淡的,爱理不理的样子。和一个英俊的美国男人纠缠在一起,和着优美的舞曲,翩跹。罗茜放肆地笑,那笑声像散落一地的梨花。罗茜成了聚会上的焦点,甚至抢了青萍的风头。她一边与人共舞,一边回头看苏原,可是遍寻不见,她一下子暗淡下来,她的芬芳只为苏原而开,苏原不在,顿觉意兴阑珊,匆匆地和青萍告别。

回到家里,苏原早就回来了,没有开灯,一个人倚在床头发呆。透过外面射进来朦胧的灯光,罗茜穿着曳地的舞裙,赤着脚,身上罩着一屋蓝莹莹光晕,像一个仙子,她轻轻走到苏原身边,关切地问他,不舒服?苏原无精打采地摇了摇头,莫明其妙地叹息,仿佛是自言自语,也许我做了件傻事。

7

那个英俊的美国男人每天打电话送花给罗茜,他用美国人的浪漫方式疯狂追求罗茜。苏原嘻嘻哈哈地叫他美国色狼,说这话的时候,罗茜注意地看他的表情,不像是吃醋,她有些淡淡的失望。

有一天那个英俊的美国男人请她吃饭,罗茜问他要不要去,苏原说去吧！有免费的午餐干吗不吃啊？再说刚好可以演习一下我教你的刀叉使用方法。

苏原甚至还帮她选了要穿的衣服。

回来的时候，罗茜闻到家里有浓烈的酒味，苏原本是不喝酒的，刚想过去看个究竟，忽然听到苏原的屋子里有女人妖媚的笑声和尖尖的说话的声音，那种细细的女声，吊得她心里很难受，像一根锯子切一根钢丝，听得人头皮发麻。

她折回自己的房间，生气，吸烟，细长的摩尔，灰白的烟轻轻地磕落在精致的玛瑙烟缸里，优雅的姿势，仿佛是一个有着多年烟龄的大烟鬼，其实，也不过是苏原前不久刚教她的。

忽然听到苏原在那个屋里喊，罗茜，你的电话。然后听到他小声咕哝，我都成专业接线生了，全他妈的是找她的……

她过去接电话，看到他臂弯里的女人，并不漂亮，有一双细长的眼睛，猫一般慵懒，蛰伏在他怀里，心开始钝疼，慢慢地传递到四肢，然后像中了毒似的，四肢绵软无力，拿不住电话。

是青萍，青萍的电话总是不合时宜。

她退到门边的时候，苏原把环绕在女人身上的手臂挪开，换了一个姿势，漫不经心地说，刘子涵又打电话来约你，看在人家锲而不舍的劲头上，给人家一次机会吧！

罗茜不语，转过身，帮他们轻轻地带上了门。回到房间里，忍了很久的眼泪，终于急急地落下。

8

罗茜凋谢得很快,人越来越瘦,但还是依旧打扮得仔细精致。她接受了刘子涵的邀请,去他们公司上班,成了一个白领。刘子涵对罗茜言听计从,只为讨得美人欢心。

罗茜尽量避免在家里碰到苏原,尽管她很想他,想到心疼;尽管她和他待在只有一墙之隔的两个房间里,他们像那些老死不相往来的邻居,见了面彼此客客气气地点头打招呼,但也仅限于此。

有时候,罗茜做事或和别人说话的时候,心会转过十八道弯,莫名地想起苏原,想起那个和自己一样有着细长的眼睛的女人,他恋爱了,自己不再是他的灰姑娘。

刘子涵向她求婚时,她没有犹豫,尽管刘子涵是二婚,尽管知道刘子涵只是爱她的身体,可是她不计较,没有了苏原,和谁都一样,不过是结婚而已。

苏原是看着她一点、一点地把东西收拾进小小的行囊中,然后一步三回头地上了刘子涵等在楼下的车子,暮色苍茫,苏原站在窗边吸烟,一动不动。

罗茜回头看到窗边的点点星火,知道他正在目送自己,也隐隐地觉得,自己正在一步步地走出苏原的视线之外。

9

许久之后,罗茜在街上遇到苏原,苏原的一只脚跛了,问及,他调侃道,追女人追的。他还是那样,什么事儿都不放在心上,一副漫不经心的样子。

罗茜和刘子涵结婚那天,来了很多宾客,有商界名流,政界要员,三教九流,唯独没有苏原。

青萍也来了,她抱了一个丑娃送给她,比她原来那个整整大两圈。罗茜穿着最新款的巴黎婚纱,美轮美奂,她浅浅地笑着,拥住青萍,姐,怎么想起给我买这个?青萍说,妞,这是苏原送给你的,都是因为你,他才变成现在这个样子,你也太狠心了。罗茜咧了咧嘴,他的脚不是追女人追的吗?与我何干?青萍叹气,追女人是不假,可是他追的女人是你啊!那天看你上了刘子涵的车,他就后悔了,刘子涵是个靠不住的男人,他不想你没有盛开就黯然凋零,所以他骑摩托发疯似的追你,天黑又有雾,所以撞到一棵树上。

罗茜唇边的笑渐渐凝结,把布偶塞进青萍的怀里,疯了一般往外跑。青萍一把拽住她的手,妞,他早走了,去了南方。他说再也没有幸福可以给你,所以只能离你远点。

她傻傻地愣在那里,半天没有回过神来。刘子涵过来让她去给宾客敬酒,她说有点累,一个人回到屋子里,独自闷坐了半天,

然后慢慢脱下婚纱，在众人森林一样密集的目光中，背上小小的行囊，一个人悄悄地回到了小镇。

　　人生有时候真的像一个圆，从小镇出发，又回到小镇，仿佛中间那段时日和岁月，快刀斩断，再无纷扰，在别人看来，她还是从前的她，只有她自己明白，自己再也不是从前的罗茜。一个人怕孤单，两个人怕辜负，她什么都不怕，可是她却丢失了自己，她的心中不能停止地想念一个人，想得很疼。她无法逃离的，是自己。面对自己的时候，她已无路可逃。

像流水一样

1

栗米详细地看了阎延的简历和相关资料,然后打电话约他见面,没费什么周折,就把事情搞定了。

放下电话,她几乎有些雀跃,名人也不是想象的那样拒人千里之外,一样是打了电话就约出来了。

她是一家晚报的小记,奉主编之命,打算做一期阎延的专访。主编说,栗米,采访阎延的重任,非你莫属。见栗米面有难色,主编又说,你是我们报社最有实力的记者,别人去我不放心呢。

这么熨帖的话,听后心中自然很受用,这丫头不禁有些头脑发热,完全不顾杨洋在对面给她使眼色,拍拍胸脯就答应了,主编乐得眼睛眯成了一条缝,在眼镜后面看她。

想采访阎延,其实也不像想的那么容易,他不仅是本市的名人,而且三年前就是亚洲富豪前一百名的第 N 名,并且当时只有 28 岁,未婚,当之无愧的钻石王老五。

原以为要见他会比过火焰山还难,想不到如此顺利,栗米高兴之余,冲动地对同事们说,今天晚上去苏大姐火锅城,我买单。杨洋狠狠地瞪她一眼,她竟然假装没有看到。

一大群人,足有十几个,浩浩荡荡,看上去队伍很壮观,杯盘狼藉之余,买单时栗米傻了眼,账单有一千几百元呢!

情急之下,她把杨洋拉到角落里,嬉皮笑脸地说,拜托,我卡里的钱不足,借点现金,改天还你!

杨洋瞪她一眼,姑奶奶,我也拜托你,别这样没心没肺的好吗?我没钱借给你,死了这条心吧!栗米不甘示弱,抿着嘴对他嫣然一笑,不借就不借,有什么了不起,大不了我打电话让老爸给我送来。

她吃定他不会见死不救,不过是虚张声势而已,栗米伸出玉指,拿出手机,一边摁着手机上的键,一边看着他笑,杨洋没好气地把一叠现金递到她面前,凶道:"下不为例。"栗米抱住他的脑袋,胡乱亲了一下说:"我会还你的。"

2

为了穿什么衣服,着实让栗米犯了难,她坐在床边,想想又觉得自己好笑,相亲也没有如此正式和紧张过,不过是去采访一个叫阎延的男人,就算他有三头六臂,也不至于紧张成这样啊!她看着镜子里的自己,小声嘟囔了一句,没出息。

栗米其实心知肚明,年轻的女孩穿什么都好看,因为有大把的青春做底色。她跳下床,穿上每天都穿的牛仔裤,紧身小T恤,单肩长带背包,在屁股上荡来荡去。

见到了阎延这个传说中的人物时,她的心中生出一丝淡淡的说不清的失望,尽管此前在传媒上看到过他的照片,知道他不是那种很帅的男人,但还是很有杀伤力的,据说本城名媛淑女为其打破头者甚多,看来有钱真好,有钱是无极剑法的最高境界,所向无敌。

阎延站在茶馆门口等她,穿着休闲的棉布衣裤,极普通的那种,栗米甚至有些怀疑他是不是有钱不会花,不懂得享受生活,只知道工作的狂人。

采访开始之前,她跟他开了一个小玩笑,算是正式过渡到正题。她笑着打量他,然后说,我以为有钱人都是高不可攀,高高在上地俯视众生,想不到阎先生如此具有亲和力。阎延的目光落在她的脸上,忍俊不禁地笑起来,小丫头,看不出蛮有锐气,我可得

提防着点。栗米红了脸,都是聪明人,自然明白亲和力和锐气的延伸含义,但还是很随意地和他分辩,我不是小丫头,到10月份我就满25岁了。

采访整整做了一个下午,阎延是一个很健谈的人,底蕴和阅历都很丰厚,他言语锋利,观点新奇,对很多事都有着独特的见解,采访结束,栗米对他已经有了新的认知,看来有钱的男人也并不是都那么呆板乏味。

临分手,阎延说了一句意味深长的话,我会关注你的报道,如有失实,我可不会放过你啊!

3

一路上栗米都在想着那句令人心生暧昧的话:我不会放过你。她的脸有些发烧。她并没有直接回报社,而是回到单身宿舍,杨洋也在,他有她的小屋钥匙。他紧张地问她,采访进展得顺利吗?那个有钱的老男人没怎么着你吧?

栗米白了他一眼,人家不过才31岁而已。

栗米忽然笑了起来,杨洋也会问这么傻的问题,他也会紧张她?真是天下奇闻。相恋三年,从来都是她提心吊胆,担心杨洋吃了窝边草,担心杨洋吃了回头草,谁叫杨洋那么优秀呢?

刚开始去报社的时候,她还是一只不折不扣的菜鸟,主编安排杨洋带她,他得意地冲她摇头晃脑,有事没事儿就爱捉弄她,今天捉只毛毛虫放在她的办公桌上,明天又不知从哪里弄只青蛙放进她的包里,吓得她哇哇尖叫,防不胜防。

　　第一次去现场采访,杨洋带她一起去的,可是她插不上手,也插不上嘴,只有待在一边看他忙乎,利落的嘴皮子,咄咄逼人的言词,让站在一边的栗米看傻了,想不到他还真的有一手,忍不住拍手为他叫好。

　　可能就是那时候她爱上了他。第二次有采访任务,他就不带她,让她一个人去。她傻傻地坐了公共汽车,对这个还很陌生的城市产生了恐惧感,然后在街上迷了路,急得哭了起来,打电话给他,他笑了,说,傻妞,站在原地别动,10分钟之后我去接你。

　　栗米第一次是那样心急火燎地等一个男人,10分钟竟然觉得很漫长,心里想着他叫我傻妞,竟然感觉有甜丝丝的滋味。10分钟之后,他骑着摩托车,风驰电掣地停在了她的身边,把头盔扔给她,她坐在他的身后,抱着他的腰,闻着他衣服上淡淡的洗衣粉的香味,又一次爱上了他。

　　时间真的可以磨蚀掉很多东西吗?不过两三年的时间,彼此就混得跟老夫老妻似的,就像左手和右手,在一起,没有了心跳的感觉。

4

　　那篇专访顺利见报,主编口头表扬了栗米。高兴之余听到了

一个让人沮丧的消息,主编派杨洋去可可西里,做一个关于野生动物藏羚羊的跟踪报道,大约要去一个月。

杨洋并没有告诉栗米他走了,上了火车之后才给她打电话,啰啰嗦嗦地说,栗米,好好照顾自己,别老吃方便面,那东西没营养,也不许花心,乖乖地等着我回来。栗米连忙点头,也不管他能不能看到。

杨洋走后,日子像流水一样开始沉入无边的寂寞。

阎延打电话来,说是他看过那篇专访,写得非常精彩,一定要请她去参加一个私人派对,推辞不掉,她只好答应了。

坦然地穿着牛仔裤和T恤,栗米是一个聪明的女孩,她知道即便换上了最好的衣服,仍然登不得大雅之堂,她不想跟那些有钱人比有钱,她还没有愚蠢到弱智。

阎延看到她就笑了,穿成这样就跑出来了?她也笑,没有谁规定不可以这样穿啊!他说,算了,别跟我较真,我带你去买一件吧!

他带她去了一家星级酒店一楼的专卖店,买了一件非常正式的湖蓝色的晚礼服,那种她只能远远地在橱窗里看着的那种,非常适合她白皙的肌肤,但从领口能看见深深的乳沟,而且袒露出一大截白皙光滑的后背。她的脸不由得红了。阎延贴着她的耳朵说,非常漂亮,别害羞。

栗米跟着阎延去了派对,很多人的目光停留在她的身上,她一下子成了派对的焦点,尽管她很出色,青春,靓丽,纤细妩媚,但她仍然明白之所以成为焦点,是因为身边的这个男人太优秀。

一个举止优雅得体的女人,梳着短短的头发,看人的目光冰冷得能杀死人,阎延介绍说,是他的助手。趁阎延转身去应酬之际,那个女人冷冷地对栗米说,你凭什么让他如此?我跟了他三年,甚至不惜做他的助手,他待我亦不过如此,你凭什么?你认识他才几天?

栗米有分寸地对她笑道,很多事情不需要理由,不是吗?

女人看她的眼神便悻悻的。栗米并不跟她计较,她甚至有些悲悯地想,在优秀男人的光环前,女人的智商犹如一只扑火的飞蛾。

5

阎延不知哪根筋不对,对栗米泛起了空前的柔情。因为常熬夜赶稿,她基本不吃早餐,他会每天早晨打电话来,提醒她吃早点。

栗米有些受宠若惊,想一个日理万机的男人,每天会为她一餐饭挂怀,至少是让人感动的。

有一次,她问他,为什么对我这么好?他笑嘻嘻地说,如果我还没有结婚,我想我会追你的,你是个好女孩。栗米笑道,可是很多媒体上都说你并没有结婚。他坏笑,也就是说你希望我追你?

栗米有些后悔，自己也并不比别人高明多少，问这么愚蠢的问题，岂不是自取其辱。她拿起放在椅子上的包，推门而出。

滚滚红尘，多少人像自己一样，平淡而无奇地生活着，何必和一个不属于自己的世界里的人纠缠在一起呢？他除了比我有钱，他有什么？他凭什么可以轻视我？

走在林荫路上的栗米，开始有些想念杨洋。不知道他去了那么远的地方，还好吗？

阎延这个家伙开着他的宝马跑车，亦步亦趋地跟着在栗米的身后，一片蜂鸣般的喇叭声此起彼伏。

栗米不上车，他就一直跟着她，没办法，她只好上了他的车，想来她对他也不是一点好感没有。

阎延把车一直开到海边停下来，然后看着她，栗米就那样与他对视，时间纷纷退去，只剩下他，一个那么优秀的男人，让女人心动的男人。

他轻轻揽过她的肩，然后嘴唇冰凉地吻了下来，柔软地覆住她的唇，她不能呼吸，心不可遏制地狂跳起来。瞬间的空白之后，她终于清醒过来，用力地推开他压过来的身体，语无伦次地说，不可以，不可以这样的。他说，宝贝，别这样，你的一生我只借一晚，就这一晚。

栗米恼怒起来，这么无耻的话也亏他说得出来，她挥手打了他一巴掌，然后看着他笑，优雅地说，抱歉，我不借。他抚着脸，呆怔地看着她,大概他从没有在别的女人面前得到过这样的礼遇。栗米冷笑着弃他而去,她不是他的灰姑娘,也从来没有梦想得到水晶鞋。

6

在路边扬手叫了的士,在车上收拾了一下心情,栗米黯然,差点做了别人的餐后甜点,她无法容忍自己出这样的错。想起杨洋,不知道他现在怎么样了,可可西里,那么危险的地方,这个家伙连个电话也不打回来,想必是把她忘了。

回到家里,洗了热水澡,然后上床,睡不着,想起杨洋,他说攒够了买房子的钱就会娶她。可是他仅仅走了一个月,她差点出了轨,人真的经不起诱惑,不可名状的悲伤在心中翻涌起来,她用被子蒙住头,但仍然睡不着。

都说出轨就像出天花,以后在爱情的路上轻易不会再游离出爱情的轨道,想必是这样。

她看着床头柜上杨洋的照片,干净温暖的笑容,令她的心柔软疼痛起来,他除了没钱,什么都好,重要的是他爱她。

栗米忍不住爬起来给他打电话,他的手机没有信号,她一下子傻了,杨洋不是出了什么意外了吧?

一夜就在那些混乱的思绪中度过。

早晨起来,带着熊猫眼去报社,找到主编请假,主编没有答应。栗米说不答应我就辞职。主编问她理由,她说我要到可可西里去找杨洋。主编就笑了,说杨洋在他的办公室里,刚回来。

栗米转身跑到杨洋的办公室,他正在整理东西,她打量他,黑了,瘦了,头发又乱又长,她过去推了他一把,嗔怪道,你这家伙,回来了也不告诉我?我借你的钱还没还呢!他没有站稳,差点摔倒了,她清楚地看到,他的腿瘸了。

他看到她惊疑的眼神,故作无所谓地说,为了救一只藏羚羊扭伤了,怕你担心,我想等好了再去找你。说着,他嘿嘿地傻笑起来。

栗米的生活,又回到从前的轨道上,上班,下班,采访,和一些名人打交道,日子过得波澜不惊。唯一不同的是,后来她和杨洋结婚了,杨洋给她买了一套小房子,他们在小房子里面吵架做爱为稻粱谋。后来他们又有了女儿,生活中多了奶瓶尿布和烟火的气息。

梅姨

梅 姨

花至半开,酒至微醺,人生至此,似乎是一种完满。然而,陆小泠却是不懂得这样一个道理,弦拨至断,粉颜致残,非要等到曲终人散方肯罢手,当全部的真实与礁石裸露出来的时候,她终是不抵真相的残酷,逃遁似乎就是最好的理由和借口。

1

6年后陆小泠脱掉一身坚硬的盔甲,剥落小刺猬一样令人伤痛的刺,全身的披挂只剩下了清淡的妆容和恬淡的笑容,当她用所有的伤痕换取人生经验时候,代价不可谓不

大。她早已不再是咄咄逼人的二八年华的小女孩。

6年前的她,想学梅姨那样,可是她学不来,怡然,宁静,好脾气,那怎会是一日的功力?

路小泠拎着一只小皮箱,站在这幢小小的院落中间,她已读完大学,读完研究生,绕了一圈,重又回到故地。

还是那间日式的庭院,典型的殖民时代雕刻在城市肌肤上的烙印,路小泠环顾四周,房屋已然有些破败和暗旧,唯有院子里的一株海棠还如从前那般摇曳生姿,开满一树淡粉细碎的小花,风一吹,轻轻地摇落一地花瓣儿。

梅姨坐在海棠树下绣花,花撑上已有了几片浅淡的叶子和几片浓重的花瓣,这样精细的女红,也只有像她这样穿旗袍的古典女子还在坚持。这样破败的庭院,唯有梅姨这个女人还是新鲜的,肤如凝脂,眼眸漆黑,有的是波澜不惊的从容,时光的流水仿佛从没有在她的身上停留过,路小泠有些嫉妒她,她始终是比不过她的,尽管她有大把的青春在握。

梅姨展眼端量她一会儿,嘴角牵出一抹熟悉的笑容,泠,你回来了。

路小泠点点头,我回来了。梅姨始终叫她泠,从见到的第一天开始,从不曾改变过。单单地叫她这个字,小泠已然有些绝望,这个字有感情色彩,有平等意味,同时又有一份漠然在里面。

尽管父亲不在了,左岸也不在了,尽管父亲的女人梅姨,依旧合理合法地住在这个家里,路小泠还是回来了。

2

多年前,也是在这里,路小泠遇到梅姨。当年的她,尖锐,刻薄,爱开天窗。那时候,梅姨总是微笑着看她,眼睛里有容忍,那种容忍让她感到耻辱和愤怒,凭什么?她用那么好看的笑容就可以轻而易举地打败自己?

当初,左岸出现在路小泠的生活里,实在是个非同小可的意外,甚至有些措手不及。

小泠的父亲去世的那个早晨,梅姨从另外一个房间里奔过来,身上披着一件灰绿色的晨褛,腰间的带子松松垮垮地胡乱系了一下,隐约露出里面的黑色蕾丝文胸,长发如乱云纷飞垂落胸前。应该承认父亲的眼光还不错,这个女人像一只新鲜的苹果,媚而不妖。

路小泠用眼角的余光看她,梅姨和父亲分房而居早已不是什么秘密,不但小泠知道,只怕街坊外人也有知道的。她比父亲小20岁,比小泠大10岁,如果做她的姐姐,只怕也不会太老,可是她却是父亲的女人。父亲去世了,最大的受益人,不言而喻,自然是她。父亲那份不菲的家产,她除了拿到应得的那份,而父亲那份,她可以和路小泠一人一半的对分,这个家,她没费吹灰之力就拿到了三分之二,所以小泠有仇恨她的道理。

小泠的父亲是出车祸去世的,他开车去省城,回来的时候,刹车失灵,掉进高速公路旁边的山沟里。小泠怀疑是非正常死亡,是被人动了手脚。

梅姨没有抱着父亲呼天抢地地恸哭不止,只是站在那里发呆,木头一样,眼睛里泪光盈盈,像一个受了委屈的小女孩,路小泠不能接受梅姨这样的态度,这算什么?哪怕就算不是撕心裂肺的哭嚎,至少也该做做样子的,至少也该做给别人看,可是梅姨,这个女人冷漠到全然不顾及陆家的体面,小泠的声息几乎是从鼻子里面喷出来的,那里面有不屑和愤怒,她从梅姨的身边走过,轻轻地,并不看她,也不劝慰她,当她是空气一般。

陆小泠跑去父亲的公司,找父亲生前的好友罗俊杰,这个男人和他父亲的年纪相仿,不到50岁的样子,高大、和善,父亲出事之前,他的公司正是与罗俊杰合伙经营的,平常也见过几回,对小泠很好。

陆小泠几乎把他当成了救命的稻草,只要稍有机会,她就会狠狠地拽住不松手。她泪眼模糊地哀求罗俊杰,帮我查查父亲的死因,因为之前没有任何的征兆,父亲甚至说,过几天带我去钓鱼。

罗俊杰充满温情地对她说,你父亲是我的好朋友,他的事就是我的事,他的女儿就是我的女儿,所以我没有道理袖手旁观。

他的和善、他的温良,让小泠感动得无以复加,都说人走茶凉,更何况父亲是永远地走了,这杯茶尚有余温,除了说明父亲的人缘好,也说明罗俊杰为人的仗义和厚道。

他拍着小泠瘦削的肩膀说,丫头,以后无依无靠,有什么事都可以来找我,我会帮你,你父亲活着的时候,就想让我做你干爹呢!以后让我照顾你吧!

他从口袋里掏出一张金卡拍在小泠的手心里,这是干爹送你的见面礼,以后想买什么东西刷这张卡就可以了,好好修整一段时间,然后出国留学。

他甚至把新招聘的助理左岸派给了陆小泠,让他以后不用每天过来上班,他的任务就是照顾好陆小泠,薪水照发,但是,如果小泠少了一根头发,唯他是问。

陆小泠揉了揉眼睛,父亲不在了,他的朋友还能待她如此,令她在那个寒冷的季节里感受到一丝温情。

3

父亲猝然而逝,那段惨痛的日子里,梅姨一次次想走近小泠,都被她拒绝。她做的饭小泠不吃,她买的衣小泠不穿,她说的话小泠就更不会听了,在她的潜意识里,一直认为这个女人在惺惺作态,父亲不在了,说不准她有多高兴呢,至少小泠没有看出她有多少悲痛。父亲在时,她跟她就没有多少关系,一个屋檐下的两个陌路人,父亲不在了,小泠跟她就更没有关系,尽管还生活在一

个屋檐下。

路小泠终于可以堂而皇之地不再去学校上课,反正要出国留学了,高中读不读也没有什么关系。梅姨说了她几次,都被她言辞激烈地顶了回去,上不上学干你何事?梅姨识趣地闭嘴。

左岸天天来陪她,这个30岁的男人不大爱笑,也不大爱说话,那张棱角分明的脸上写满刚毅和深沉,他的厨艺很好,每天早晨开着罗俊杰他们公司的车,去早市买菜,回来后下厨,他的拿手菜是虾仁腰果、生菜沙拉。

每天的晚餐是正餐,小泠、梅姨、左岸,三个人围坐在一起,谁都不说话,心情寥落地吃完饭,小泠回房,左岸坐在小泠房间外面的地毯上看书,有一晚小泠在睡梦中惊醒,她梦见自己开车掉进高速公路边的悬崖,她尖叫着说不,然后泪流满面地醒来。左岸跑进来,看她头发散乱地抱膝坐在床上瑟瑟发抖,他心疼地把她拥进怀里,拍着她的背,像哄孩子一般说,没事了,没事了。

直到小泠平静下来,他才松开她,她抓着他的手问,你告诉我真相,父亲是怎么死的?为什么?这一切都是为什么?陆小泠总会在这么清冷的夜里,提出这样令人绝望的问题,令人无法作答。

她的眼泪穿过悠长的时间和空间,一滴一滴地落到他的手背上,左岸仿佛听到坚硬的回声,他有些伤感地安抚小泠,人生无常,世上的事都是很难说的,等身体好些了,还是回学校上课吧!

路小泠不想听他这样的老生常谈,闭着眼睛假寐。

4

那个夏天,失眠像一头怪兽一样缠上陆小泠,每晚入睡都很困难,她挂着两个黑眼圈,心烦意乱地下楼去厨房拿水喝,路过客厅的时候,惊奇地发现左岸和梅姨在茶几的两旁对饮,梅姨穿着一件玄青的旗袍,侧面的开衩很高,里面修长白皙的大腿若隐若现,长发挽在脑后,纹丝不乱,手执一把精致的紫砂小壶,正在给左岸斟茶。陆小泠知道梅姨酷爱雨前明茶,这会儿有人陪饮,还不乐得?不知说到什么开心事儿,梅姨像回光返照一般,脸上是惊人的艳红,那么久了,第一次看到这个女人脸上灿若桃花的笑容,小泠无法说清楚心中是什么滋味,父亲刚走没多久,这个女人就守不住本分,勾三搭四,简直让人心寒。

陆小泠佯装浑然不觉的样子走过去,抱住左岸的手臂纠缠他,我又做噩梦了,睡不着,你给我讲故事吧!

左岸拿任性的小泠没有办法,他叹了口气,无奈地跟她上楼。

陆小泠抱住左岸的胳膊,回首示威地冲梅姨展颜,梅姨低首摆弄那些茶杯茶碗,并不看她,她的笑容像撞到石头上,碎碎地跌落一地。

什么叫虽败犹荣?小泠冷笑,笑靥像一朵寂寞的小花,轻轻地爬上唇边,早晚,早晚的事,早晚你会知道我陆小泠不是那么好惹的,当我们陆家没人了吗?

自此,陆小泠像变了一个人,她不再专心学业上的事,怀里揣着罗俊杰给的金卡,妖妖娆娆地去购物中心疯狂地采购。父亲在的日子里,不许她随便花钱,现在好了,有了一张刷不完的卡在手里,还怕什么。陆小泠刻意买了许多衣饰,站在穿衣镜前,胸前一马平川,空荡荡的,她想起梅姨,若隐若现的蕾丝文胸鼓胀胀的,不由得气馁,于是买了带海绵衬垫的文胸穿上,拿一件露背装在身上比划,回头问左岸,这件好看吗?左岸摇了摇头说,姑娘,这是很成人的衣服,不适合你穿,还是别买了,我们走吧!

他叫她姑娘,这么老土的称呼,陆小泠不禁哑然失笑,丢了衣服跟他回家。左岸当然不会知道,她买那些吊带小衫什么,都是为了他,她想像梅姨一样,细腰、丰胸、长腿,她只是想把他的视线吸引过来,梅姨是父亲的女人,尽管父亲不在了。

只是,陆小泠穿上那些衣服并不好看,骨感的身体像一只青涩的柿子一样,17岁了,竟然还像男孩子一样,没有明显的性别之分,真令人泄气。

5

去见过几次父亲的朋友罗俊杰伯伯,他说,乖女儿,如果有人欺负你,干爹会给你做主,左岸那个臭小子如果不听话,你告诉我,我修理他,钱不够花,来找我拿。另外你爸爸的事,我也会尽快地给你一个交代,你安心等待出国留学的手续。

罗俊杰啰里啰嗦说了很多，父亲去世之后，罗俊杰是她唯一的安慰，所以陆小泠每次去干爹那儿，回来之后，心情都会明朗许久。

晚餐之后，梅姨坐在灯下，绣她那片永远也绣不完的叶子，低眉，敛眼，长长的睫毛、修长的脖子，长发散落下来，认真的样子，仿佛在完成一个什么重大使命。陆小泠心中暗恨，怎么会有如此好看的女人，怪不得父亲会喜欢她，连左岸也被她迷住了，目不转睛地盯着她，甚至有一天，陆小泠看见左岸慌里慌张地从梅姨的房间里溜出去。

梅姨是她的冤家，是她心中解不开的结，她抢走了小泠的爸爸，现在又跟她抢左岸，真是一个贪婪的女人，陆小泠恨恨地想，她看不惯梅姨那副假正经的样子，心中有气，又刻意压抑自己，所以觉得很难受。随手抓起沙发上的小外套，对左岸说，我想去兜风，你陪我。

其实也不是想去兜风，只是找了一个借口出去喝酒，发泄一下心中的郁闷，在家附近找了一间看上去还算干净的小餐馆，喝了两杯啤酒，左岸把酒杯夺下来说，别喝了，你还是个孩子，疯够了没有？陆小泠傻傻地笑了，然后又哭了，眼泪滴到酒杯里，她哽咽，那个走了的人，是我父亲，你是局外人，怎么能体会？我这里疼啊！她用手指指着胸口。左岸笑了，我这么大的人了，什么事没有经历过？这样吧，今天晚上，我舍命陪你。

陆小泠终归是个孩子，几句好话，便破涕为笑，和左岸拉勾，一杯接一杯，然后两个人都喝多了。

是怎么回到家里的，陆小泠自然不记得，第二天早晨起来，头疼欲裂，推开门，发现左岸竟然睡在门外的地毯上，衣服丢在旁边。陆小泠蹲下身，近距离地看他，鼻子高高的，浓眉，嘴唇厚嘟嘟的，睡觉的时候都皱着眉，有几分稚气，也有些许可爱，她忽然觉得有些喜欢这个男人。

一个小本本出其不意地跃入陆小泠的视线之内，在左岸衣服不远的地方，她拿起来看了看，是一张警官证，上面的照片是左岸的，简直太让人难以置信了，很显然，那时还年轻，面孔英俊。

陆小泠拿在手里，左右端详着。

左岸不知什么时候醒来，一把夺过那张警官证，有些恼怒地问她，怎么偷看我东西？他凶巴巴的样子，把小泠吓坏了，她怯怯地问，你是警察？怎么没有听你说起过呢？左岸缓和下来，他说，小泠，有些事情，你永远不会懂，别问了。但是，你记住，我现在不是警察，只是你的小跟班。

陆小泠忍不住笑了。

6

陆小泠越来越不喜欢梅姨，她和左岸的眼神里蕴藏了许多她看不懂的东西，那种意味深长的对视、那种无声的默契，显然是一段久远的时光达成的。哼,他们都把我当成小孩,今天晚上我就让左岸见识一下,本小姐到底是一个孩子还是一个女人。

晚餐之后,陆小泠嚷着要让左岸给她讲故事,所以一起上楼。左岸在屋子里等她的时候,路小泠去洗手间化妆,把嘴唇化得惊人的艳红,换了吊带的小衫,妖娆地回到屋子里。左岸吃惊地瞪着她,怎么打扮成这样?小泠不理他的话岔,只是问他,好看吗?有她好看吗?左岸吓坏了,不停地摇头,说,姑娘,拜托你去把衣服换了,我不习惯你这样。陆小泠笑嘻嘻地把脸儿贴过去,像一根藤一样攀上他的身体,而且很无耻地把衣服脱下来,丢到一边。软软地说,你要了我吧?父亲不在了,你是我唯一可以依靠的人。

谁知左岸这个伪君子非但不要她,还挥手给了她一巴掌,恶狠狠地教训她,你这个疯丫头,怎么这么不知道自爱呢?你父亲不在了,我是你名义上的监护人,我希望你能好好上学,将来能读大学,考研,一路读下去。

屈辱的眼泪掉下来,陆小泠胡乱地套上衣服,羞愤难当地夺门而出,左岸拉了她一把,没有拉住。

大街上依旧很繁华,不过9点多钟的光景,霓虹灯闪烁,人来人往,可是陆小泠却感到前所未有的孤单,她倚在公用电话亭边,看着一只流浪的小狗,摇着尾巴,在她脚边走来走去。

世事弄人,曾经她也是一个有人疼的宝贝,可是才多久?自己竟然也像这只流浪的小狗一样。

她在公用电话亭给罗俊杰打电话,只哭,不说话,罗俊杰说乖女儿,谁欺负你了?陆小泠抽抽噎噎,还不是左岸那个坏家伙?这个臭警察出手真狠,一巴掌把我的脸都打肿了。罗俊杰和蔼可亲地说,等我收拾他,你放心吧。乖乖的,多吃点东西,干爹喜欢你长胖点。

7

那天之后,陆小泠再也没有见过左岸,他出车祸去世了,死法跟父亲一样,小泠像突然失去了依傍,觉得惶惶不可终日,觉得自己也会像父亲和左岸那样,随时告别这个世界。她黯然神伤,整天把自己关在屋子里不出门,都快发霉了。

倒是梅姨,天天出去,那时候,已经秋天了,凉风习习,梅姨穿了一件暗红丝绒旗袍,化精致的妆容,进进出出,像是在忙碌一件很重要的事情,小泠从左岸出事后,也乖了,反正不关自己的事,所以懒得问她,意兴阑珊照看左岸刚来的时候拿过来的一小盆文竹,浇水施肥,怔怔地看着那盆小小的文竹发出的几片新叶,直到满脸挂满泪珠犹不自知。

现在是梅姨下厨,做了虾仁腰果,生菜沙拉,在楼下喊她下去吃,猛然看到这两道菜,陆小泠不由得"哇"的一声哭出来,梅姨抚着她的背说,别哭了,有好消息告诉你。她丢过来一张报纸,陆小泠神情漠然地看了一眼,是晨报,上面有一条消息说,本市知名企业家罗俊杰因涉嫌谋杀,被依法逮捕。

她愕然地问她,为什么?罗伯伯是好人,为什么也会这样?梅姨说,你父亲和罗俊杰是合伙人,你父亲在的时候他就偷偷地经营一些违法的生意,你父亲规劝过他几次,他非但不改,而且认为你父亲妨碍了他发财,所以他让你父亲自动消逝。至于左岸,他是被派到罗俊杰身边做卧底的,罗俊杰本来就怀疑他,所以才把他支开,而你口无遮拦地证实了他们的猜想。

陆小泠看着那盘虾仁腰果,直看得泪眼模糊,良久,她问梅姨,是我害死了左岸,你恨我吧?梅姨摇了摇头,眼圈红了,她说,我和左岸曾经是同学,后来又是初恋情人,那时候我也像你这么大,不懂爱情,再后来遇到了你爸爸,我爱他,从来没有后悔过。

陆小泠想了一千种的可能,再没有想过谜底会是这样,她伏在梅姨的怀里哭了,这个让她又恨又爱的女人,她把她的旗袍揉搓得皱巴巴的。

后来,陆小泠重新回到高中复读,读了大学,又考了研究生,这是左岸对她的期许。

她的失眠症越来越厉害,夜里睡不着,对着左岸当初带来的那盆文竹发呆,6年了,那盆稚嫩的文竹依旧活着,而且长成了茂盛的一簇。

# 青春散场的时候

1

树街有个女孩叫林小染,长发,纤瘦,骨感,眯缝着眼睛看人的时候,像一只午后阳光里慵懒的猫,懒洋洋的,喜欢穿灰绿、缀着手工花边的麻纱上衣,有很多口袋的宽脚裤,林小染不是特别漂亮,但绝对是小城里的另类。

不知怎么回事,她这个人好像天生具有明星气质,身边永远不乏追随者,在树街,她是被公认的坏女孩,但却有一大群像我这样的小屁孩,屁颠屁颠地围着她转,她说向东,我们绝对不会往西。

彼时,我们都在学校里上课,林小染却总

是翘课,跑到学校后面那片一望无际的葵花地里,跟高年级的男生约会,终于东窗事发,被值周老师抓个正着。值周老师痛心疾首,顿足抚胸,林小染啊林小染,又是你,你为什么就不能做个好孩子呢?打架、翘课、早恋,样样都有你的份儿,这样下去,还有什么指望?哪所大学也不会要你的。

林小染优哉游哉地用脚在地上画着着圆圈,一边若无其事地回值周老师的话,考不上大学就考不上呗,每年都有那么多人考不上,还不是一样活?你急什么?真是皇帝不急,急死……

后半句生生地被她咽了回去,可是谁都明白她要说什么,围观的同学"哗"地一下笑翻了天,值周老师窘得脸拉得老长,只怕能拧出水来,狠狠地把鼻梁上的眼镜往上推了推,大发雷霆地冲林小染嚷,明天,叫你爸妈来学校,否则,后果自负。

林小染若无其事地吐了吐舌头,扮了个鬼脸,转身离去。

这件轰动全校的特大新闻很快便传到我的耳朵里,我担心她不知道会伤心难过到什么程度,放学后偷偷地跑去看她。

一起走在树街的林荫道上,我不无担心地问她,你爸妈会去学校吗?小染叹了口气说,不知道。然后似无所谓又似负气地加了一句,管它呢。

她的父母早就离异各奔东西,她的母亲跟着一位三流的画家远走天涯,杳无音信。她的父亲接着又娶了一个漂亮的小美女,只比林小染大几岁的样子,没有人管小染的死活,小染也乐得自由自在无拘无束，像一匹小野马，跟在奶奶身边，奶奶宠她爱她，使得小染失掉了生活的方向。

　　林小染从路边的树叶上摘下一只青虫，趁我不备的时候，悄悄地放在我的衣领上，青虫慢悠悠地踱着方步，爬上我的脖子，轻轻地蠕动，脖子上有痒痒的感觉，用手一摸，温软的，我吓得"啊"的一声大叫，天啊，从小我就怕这种软不拉叽的软体动物，此刻更是手足无措，我哀求林小染，快帮我拿下来啊！小染看着我嘻嘻地笑，我急了，好姐姐！我叫你姑奶奶还不行吗？快帮我摘下来吧！小染不错眼地看着我笑，用手捂住嘴，那样子，令我怦然心动，这是我理想中小染的样子，可是多数时候，她不会这样子笑，她叛逆、尖锐、张扬，刻意的冷漠、冰凉，刀子一样的话语，伤了别人，也伤了自己。

　　有一刻，她娇羞得像一根含羞草，问我，你看什么啊？臭小子，一只青虫你就怕成这样，还说什么将来保护我，呵呵，自己泄了底牌了吧？

　　我张口结舌，像喝了酒一样，脸上发烧、发烫，对于这个女孩，我真的是束手无策。

2

　　我喜欢林小染，暗恋林小染，在树街，已是公开的秘密，我容不得别人说小染的坏话，哪怕一句，也不行。

下课的时候,陈亮亮把手放在嘴边做喇叭状,得意地嚷嚷,特大新闻,特大新闻,树街的林小染和咱们的外语老师拍拖呢。不知是谁插了一句,胡扯呢,那个英俊阳光的爱尔兰小男人,怎么会看上咱们小染?小染在小城里是一枝花儿,在老外眼里还不是一个乡下的柴禾妞?

陈亮亮起咒发誓说是真的,在小城最繁华的商业街上,看到林小染和我们的外教老师旁若无人地当街拥吻,足足吻了有5分钟那么长久,以至于交通堵塞。他咽了一下口水说,林小染可真是一辆公共汽车,前两天还和高年级的男生在葵花地里约会,一下子又和外教打得火热,简直就是一个妖精,到处打情骂俏。男生们听的时候,都张着嘴,傻傻的,女生听的时候,都撇着嘴,说林小染无可救药了。

我去厕所回来,正赶上听到陈亮亮的后半截话,一下子气蒙了,小染在我的心目中有如天使,她好看,善良,喜欢小动物,待我们每个都很好,她没有得罪人,干吗用这恶毒的话骂她?

我走过去,二话没说,一拳打掉了陈亮亮鼻梁上的眼镜,陈亮亮满地摸索半天,找到只剩下一只镜片的眼镜戴上,也不言语,狠狠地推了我一把,我一个趔趄,脑袋磕到书桌上,有血瞬间流下来,有同学慌慌张张地把老师喊来,老师亲自动手,把玩命似的纠缠在一起的陈亮亮和我分开。

我第一次动手跟同学打架,代价是要做一个月的教室卫生,

外加一份 3000 字的检讨,不深刻就重写。

躺在医院冰冷的铁床上,我还在想,林小染真的是个好女孩,只是你们都不了解她而已。

伤口清洗过后,缝了整整四针,上了药,缠了纱布,像一个从战场上下来的伤兵。温小语来看我的时候,我正在输液,我努努嘴,示意她坐在床边的椅子上。温小语算得上小城里的大家闺秀,父母都是小城里比较有影响力的人物,家世清白,功课又好,而且生得温婉清秀,她不跟我们树街的这帮孩子混,我们在街上闲逛,看电影,穿葵花地的时候,温小语基本上是在她家小园子里的紫藤花架下温书,看小说,听外语。

原本我们的生活不会有半点的交错,可是这个小女子似乎动了凡心,同学们都说她有些喜欢我,看来是不假的,不然,怎么会来看我?

她伸出手,在我的伤口上轻轻地摸了一下,温柔地问,疼吗?我点点头。她的眼泪流下来,哽咽地说,你啊!以后别再犯傻了,这会子自己遭罪了吧?

我看着窗外的天空,蓝得没有一丝云彩,太阳光反射在玻璃上,有些明晃晃的,刺得眼睛疼。

正犹豫着要不要接温小语的话岔,林小染一脚门里一脚门外地嚷,听说我们的英雄挂了彩,让我看看,伤在哪里?

温小语从床边条件反射似的弹起来,说,我先走了,以后再来看你。我说,好。

我喜欢林小染,在我17岁的青葱岁月里,唯有林小染可以让我欢喜,让我忧伤,让我寂寞,让我狂热。

林小染却说,你个小屁孩,懂什么爱不爱的。

其实,她只比我大一岁。

3

检讨我整整写了11遍,眼睛花了,手也麻了,老师才算我过关。陈亮亮提着大包小包的补品来跟我道歉,我就原谅他了,大事化小,小事化了,一场风波烟消云散,江湖中人都是一笑泯恩仇,我和陈亮亮当然没有那么严重,所以握手言欢。

其实后来,在树街,我亲眼看到林小染和那个英俊的爱尔兰男老师从她家里出来,很亲密的样子,那个爱尔兰男子手臂轻轻地搭在小染的腰上,走几步就会低下头,在小染的脸上吻了一下,小染灿若春花,很快乐的样子。

那一刻,我的心莫名战栗了一下,像雨落荷萍。我知道,树街的小染正在一步步地远离,可是我却没办法阻挡。小染,要命的小染。

最近一段时间,看到林小染的时候,她总是蔫蔫地提不起精神,仿佛一朵失掉水分的花朵,面色憔悴,我以为她生病了,她摇了摇头,笃定地说不是,说完这句就不再言语,心事重重的样子。

我提议去看电影,林小染心不在焉地同意了,我欣喜若狂,马上去买了电影票、零食、饮料。

银幕上,宏大场面,烟尘爆起,铁蹄铮铮,惊心动魄。银幕下,我悄悄地把林小染的手握在手心里,心中七上八下,我怕她骂我是臭流氓,顺便赏我个嘴巴子什么的,可是小染却不动声色地盯着银幕,任我握住她冰凉纤细柔若无骨的小手,掌心里渐渐有热汗滋生,心中开始燥热起来,有情侣旁若无人地拥吻,我忍不住回头,凝视林小染,嘴唇一寸一寸地逼近,甚至能清晰地闻到小染的呼吸。林小染闭了一下眼睛,瞬间又睁开,她目不斜视地盯着银幕,不为所动,我积聚了多年的勇气,在这一刻终于溃散。

从电影院里出来,小染请我到旁边的一家烧烤店里吃东西,我们第一次相对而坐,而且还喝了啤酒,小染有些醉了,哭了笑,笑了哭,她说,小东啊,我自己知道,其实我就是一只蝴蝶,看上去美轮美奂,其实那种美是那样的不堪一击,她的前身是一只丑陋的蛹,她的后身是一只自缚的茧,所有的美丽都是一种幻相,根本抵不过内心的自卑,而你不同,你是一只云中的云雀,树街不可能是你的终极理想。

我夺下林小染手中的酒杯,杯中的酒泼了一地,林小染醉眼迷蒙地指着我说,我请你,又不是你请我,干吗不让我喝?

我握住小染的手,一句话都说不出来,面对喜欢的女孩子,我常常说不出话来。

林小染给我打电话,是一个星期以后,她气若游丝地说,小东,你快点来!我吓了一跳,问她怎么了,她笑笑,说是病了。

我陪她去医院,林小染挂了血液科,她面色苍白地坐在走廊的长椅上,等着护士叫名。她的身体一直在颤抖,似发冷又像是害怕,我吝惜地揽过她的肩,她轻轻地靠在我的怀里,犹自不能停止战栗。

临到小染的时候,我陪她一起进去的,我吃惊地看到那个爱尔兰的男老师直挺挺地躺在病床上,小染俯过身去,问他怎么样了?那个爱尔兰的男老师笑,说挺好的。他在小染的额上轻轻地吻了一下。

我呆住,觉得时光在那一刻停住,树街所有的孩子,包括大人,都以为小染在跟那个外国人在谈恋爱,原来事情的走向并不像人们想象的那样。

我笑笑,你说过,我们是哥们,我不挨骂,谁挨骂?说是这样说,但是我的内心里涌起的却是前所未有的苍凉,和17岁不相称的苍凉。

我握住小染的手,轻轻地,她的手冰冷却在流汗,回头看我笑了一下,我所有的歉意都在那轻轻的一握中,原谅我,原谅大家对她的误解。

回家的路上,小染落寞地踢着路上的小石子,夕阳的余晖笼罩在她身上,我和她慢慢地走着,我转头问她,为什么不跟大家解

释？我做错了什么？

我艰难地说,不是你做错了什么,而是大家都以为你在跟那个外籍老师谈恋爱。小染不屑地说,谁爱怎么想就想,关我何事。她忧伤地说,保罗可能不行了,就算是临终的人文关怀,有什么不可以？

4

小染再也没有回到学校去上课,她夜以继日地守在保罗的床边。

每次她的身影出现在树街,就会有很多孩子跟在身后,往她身上扔菜叶和臭鸡蛋什么的,嘴里不停冒出一串串的字符,不要脸、不要脸……

有时候,我会趁功课不忙的时候,跑去看林小染,把省下来的生活费,买了大包小包的补品送给保罗,小染笑,说,别这样啊,你没有义务这么做的。我说,你也没有义务,可是你不也是在做吗？小染明明是明媚的笑脸,脸上却流下两行清泪,到后来愈加汹涌,止不住的样子,她哽咽,在树街唯有你对我最好。

那是我第一次看到小染那样肆无忌惮地流泪,脸上的妆花掉了,我忽然觉得难过,一丝怅惘悄悄地生出来,小染,如果她的父母不曾离异,如果她的奶奶不曾那么宠爱她,如果她不曾那么张扬地肆虐青春,如果她不曾背负着那样漂亮的躯壳,过分的美丽,往往会使事物发生质的变化,那么,她的人生会不会是另外一种走向?

高考前,功课越来越忙,我已经很少去看林小染,听说树街的那帮孩子早散了,大人们不让孩子跟着林小染的屁股后面转,说是怕学坏了,怕跟林小染学会当狐狸精。林小染在树街呆不下去,拍拍屁股去了北京,跟我不辞而别。我隐隐地担心和焦虑,没有钱,没有学历,人生地不熟的小染,死心眼的小染,在那样灯红酒绿的大都市里会吃亏的。

高考之后,我和温小语一起考上了北京的同一所大学,陈亮亮去了上海,也算称心如意。林小染渐渐褪色至生活中的一张底片,甚至是一些需要拼接的碎片,青葱岁月里我那么狂热地爱恋的林小染,终于在我的生活中告一段落。

我和温小语恋爱了,她依旧是那么大方得体,是做太太的好苗子,我们在四环以外租了一间房子同居,和温小语做爱的时候,我会想起林小染,她的眼睛是那么明亮水灵,但是我知道,那里面盛满了忧伤。

陈亮亮来北京出差,这个家伙比原来胖了许多,脑门油亮,心宽体胖,据说混得不错,发达了,钱多得花不完,请我和温小语在北京最豪华的饭店里吃饭,一掷千金,温小语掩着嘴痴痴地傻笑,说陈亮亮这个人还那样,就喜欢咋咋呼呼的。

酒过三巡,陈亮亮喝高了,红着眼睛,怀念起树街的那段岁

月,他问我,有林小染的消息吗?听说她也在北京混,我想帮帮她。说起林小染,他的眼睛莫名地亮了一下,他说,那只小狐狸,真他妈的绝,腰那么细,皮肤那么白,是树街上最坏的小女子,却有本事把我们的魂都勾走,我敢说,我们班有百分之八十以上的男生都喜欢过她。

想起我和陈亮亮当年的决斗,其实眼前这个男人,当年那个少年,和我一样,都曾深深地暗恋过林小染,他骂她,说她的坏,我追随她,关心她,只不过是表达的方式不一样。

两个人,喝了三瓶白酒,温小语早被眼前的阵势吓傻了,她看看陈亮亮,又推推我,我大着舌头说没事儿,放心吧,看见老同学我高兴。

摇摇晃晃地起来去洗手间,温小语过来扶我,我把她推到一边,笑嘻嘻地说,我能行,别管我。

洗手间比我们家客厅还豪华,我站在镜子前看着镜子里的男人,细长的眼睛,额头上有皱纹,满脸沧桑,我有些憎恨这个男人。

洗完手,有服务生递上有香味的毛巾,我从口袋里掏出10元钱拍在她的掌心里,抬起头我就傻了,我以为做卫生的是50岁的大妈,谁知道她竟然是林小染,我梦中的女神。我以为看错,使劲地揉了一下眼睛,真的是林小染,她早已面目全非,体态臃肿,面容苍老,眼睑下垂,穿着那种洗不干净的工作服,袖子高高地挽起,她才28岁啊!我清楚地看到她的手臂上有一只展翅欲飞的蝴蝶,如果我没有记错,蝴蝶的翅膀上有一个小字,东。这个刺青10年前就有,曾经是树街上孩子们的图腾。

　　林小染张了张嘴,却什么都没有说,我转身逃也似的跑到大街上,冷风一吹,我的酒醒了很多,是的,小染爱我,10年前我就知道,我亦爱小染,但我却背负不动她的青春,我是个怯懦自私的男人,所以我逃了。

　　给温小语他们打电话,说我有些不舒服,先回了。收了线,深一脚浅一脚地走在北京的夜晚,想起林小染的人生,从蛹到蝶,从蝶到茧的轮回,脸上有温热的东西滚落下来,摸一把竟然有些冰冷。

流 年

1

迷迷糊糊之中,听到闹钟一响,我像一个听到了起床号的战士一样,翻身从床上爬起,趿着拖鞋,揉着干涩的眼睛冲向洗手间。走到厅里,忽然收住脚不动,心中茫然一片,从今天开始,再也不用朝九晚五地赶时间了。

我失业了。

迷迷糊糊地爬上床,以为可以睡个饱,抱着软软的枕头,却越来越清醒。还当自己早就是修炼的金刚不坏身,细想想心中不由得灰灰的,好歹也曾为公司效过三年的力,升职途中,遭奸人暗算,马失前蹄,遂饮恨辞职,高层竟没有挽留,哪怕是姿态上的,让人领教了什么叫人情冷暖,真是人心难测。

顾影自怜,赖着不肯起床,纪洋打电话过来,痛心疾首地说,何必逞英雄呢?现在软了吧?忍一时之气,必定海阔天高。平常是怎么跟你说的,全当耳旁风。

我对着电话大吼,大清早就来教训我,吃饱了撑的啊?当心我把电话摔到你脸上。

他在电话那头呵呵地傻笑,人家好心,你当成那个什么,算了,就当我没说过,你抱着被子喝西北风吧!

笑你个头,我喝什么风都不用你管。我嘴硬道。

纪洋嬉皮笑脸地说,考虑考虑嫁给我啊,混个长期饭票,就不用出去当男人婆了。

阿呸,小小挫折能奈我何?做你的春秋大梦去吧!

摔了电话,为之气结。

当真找出银行卡,盘膝坐在床上,恶狠狠地抓起床头柜上的电话查询,发现结余真的不多,悔不当初,没有听老妈的话,勤俭持家,一味地只做新新人类,吃饭轻易不肯将就,并且从来都是出去吃,尽管只求质量,不求数量,但仍然花钱如流水,从来都是眉头不皱一下。衣服化妆品一律是名牌,美其名曰:那叫品味。真真此一时,彼一时,如今再走到专卖店的门前,恐怕只能试穿一下,或者只有抛下一个多情的媚眼的份了。

人穷志短，于是从床上爬起来，抽屉、衣袋、床下，角角落落仔仔细细打扫一遍，只找到角币硬币若干，心中苦笑不已，看来以后只有吃方便面了，房子也要想办法分租出去。想着从此后，一间屋子，二分天下，心中恐怖不已。

纪洋曾为此专程赶到我这边，积极要求分租，我坚决不允，将来有的是时间在一起纠缠，何苦现在就搬到一起？磕磕碰碰，很难说不会把一份感情透支到支离破碎，柴米油盐，难免汤汤水水地分不清，难免不会厌倦。心中庆幸自己的清醒理智，只是水至清时无鱼，人至清时则无友，世事难两全啊，只能走一步看一步了。

没有了收入，还能一个人独自面对二室一厅的房子，当真是奢华无度，当初这么昏聩，纪洋怎么就没看出来呢？不明白他看上我哪点好。

我开始认真考虑合租这件事情，死撑下去，只有死路一条。于是上网发了一条消息，求年貌相当，职业学历相当的同性合租。纪洋笑我，这哪里是征租，分明是征婚吗！我说你不懂，这叫物以类聚，看一个人的品味要看他身边的朋友，看我就得看和我合租的人。

纪洋说，谬论，不过好像也有点道理。

得到纪洋的表扬，我不禁翘起小尾巴，心中得意，便摇头晃脑起来。

2

认识阿绿,并非偶然。

阿绿来的时候,我和纪洋正在互相取暖,突然不用工作了,人好像漂了起来,整天无所事事,百无聊赖,只有缠住纪洋,聊解寂寞。纪洋就这点好,随叫随到,大二的时候认识他,不用扳手指也能数出来,有5年了,不长,也不短。如不是一直叫嚣着独立、自由,说不定早是他的煮饭婆。我不肯,他便纵容,恰恰我是个没心没肺的人,从不擅长良心发现,装糊涂,死缠烂打到底,并发布艾氏宣言,将独身进行到底。纪洋只是宽容地笑笑,从不勉强我。

阿绿的怀里抱着一缸金鱼,小小的玻璃鱼缸里,足有5条之多,老天,我都替那些鱼儿憋闷,也不怕把缸子撑破了。我把她的鱼放在了洗手间的窗台上。

她看上去很瘦,穿一件不知什么料子的裤子,晶亮耀眼,像皮革之类,带着动物的血腥,短小的豹纹小背心,腰间露出一大截象牙白,令男人想入非非。长发像柔软的水草一般,散落下来,细眉细眼,脸色苍白,没有化妆,仿佛常年不见阳光的精灵一类的女子。

阿绿是个自由撰稿人,时尚的SOHO一族。我们一见如故,立刻撇开纪洋,聊得热火朝天,一下子就引以为知己。

阿绿搬进来的时候,我正长吁短叹,每日里坐吃山空,心中自然底气不足。见阿绿并没有捎带着把男朋友之类的也搬进来，心中甚喜，我喜欢安静疏阔的空间，当初没有考虑与人合租正是这个原因。

像得了一种病一样，不断地见工，不断地被否定。最后终于选择去一家广告公司，广告并非我的长项，但此时是有胜于无，用纪洋的话说，骑驴找马，会从容一些。虽说比喻得俗了些，但道理还是对的。

第一天上班，手里还没有客户，正着急不知从何下手，业务部的吕头眯着一双眼睛没睡醒似的，从办公桌后面扔过来一张名片说，你去找他试试吧，能把这一单子做下来，那是你的造化。

我捡起那张名片一看，是本市名流许遥，地产界跺一下脚也会震动三天的主。

我千恩万谢地离开了吕头的办公室。把那张名片宝贝似的攥在手心里，还没出公司的大门，迎面碰上公司里的同事荣小北，她看一眼我手心里的名片，口无遮拦地说，吕头也真是的，公司里所有的人都搞不掂他，现在又派你一个新人去，明摆着涮你。

我傻笑道，没关系，我去试试，不成也没有什么损失，碰碰运气吧。

小北是个实心眼的孩子，听我如此说，脸上就有些挂不住了，你要当心，听说他是个大色狼，一旦掉进狼窝，可是损失惨重。

我打着哈哈，放心吧小北，没事的。心中却暗想，我又不是第一天出道的黄毛丫头,许遥做了我的手下败将,也未可知。

纪洋最受不了的,就是我这份自以为是的狂妄,所以只能隐情不报。

3

心中打着如意算盘,闭着眼睛就摸到了本市最高的一座大楼。曾经有一年的时间,每天坐着公车从楼前路过,仰视楼尖的时候,只觉得车像甲壳虫一样爬过,心中欷歔不已。

老远路就看到电梯停在一楼,不管不顾地冲进去,不巧与电梯里出来的一个老男人撞了个满怀,刚要说对不起,老男人身后跟着的一个年轻男人一步窜过来,一看就知道是一个跟班,脾气比主人还大,大吼道,撞了人还不道歉?

我偏偏不吃这一套,闻听此言,怒从心起。这些年的职场生涯逆来顺受,练就的一副钢牙利齿没有用武之地,今天得偿我愿,幸甚。回击道,他也撞了我怎么不道歉?想以多欺少、以大欺小呀?

没想到那个老男人风度却是很好的,身上散出淡淡的儒雅与宽厚,对我这个破落户一样的女子,伸展出明朗的笑容,他冲跟班摆手,那个年轻男人便如被关了开关的机器人一般,没电了。

我正欲转身离去,却看到地上有一个亮闪闪的小东西,仔细一看却是一个打火机。我在电梯门的缝隙里喊,老男人,你掉了东西。

老男人回头对我微微地笑了一下,并没有驻足,匆匆而去。我拾起来,握在掌心里玩味,小巧的金色打火机,背面有一行英文字母,很精致,顺手扔进了转角处的垃圾桶里,走了几步,又有些不舍,回头找出那个亮晶晶的小东西,扔到包里。

上了21楼,并没有找到许遥,心中有一丝淡淡的失望。

敲门的时候,不知从哪里冒出一个小姐,没好气地问我,有没有预约?我说没有。心中暗暗想道,当我老年痴呆啊,预约了他还肯见我这个无名小辈?更何况我是来拉广告的。

那个小姐冷着妆容精致的脸说,不要再敲门了,约好了再来吧。

忍气吞声,去大厦对门的一家小面馆,看看还算干净入眼,便要了一碗兰州拉面果腹,想想往日,看看今天,今非昔比,顷刻间仿佛经历了人生百年。不过好在我很阿Q,一会儿便没事了。

我把玩着那张名片,名片上有一个名字:许遥。我反反复复地看,吃完面,好像已经很熟悉了似的。

走出小面馆已经是下午3点多钟了,穿过前面的人行道,折回到21楼,就是许遥的办公室。一边走,心中一边做着春秋大梦,如果做成了这一单,这个月能挣多少钱呢,付半年的房租水电,只怕还有结余,可以买上一件钟情已久的CQIQ裙子,白色的,有着一道道的褶皱,很漂亮。也不是没见过钱,这会子又这么小家子气，几万元的奖金也拿过，可是那都是锦上添花的事儿，从来没有让我激动过。

正规划着美好的蓝图，我忽然像被一阵风带倒了似的，软绵绵地扑倒在马路上，我侧身躺在地上，看见一双男人的脚走到我的身边，把我抱到车上。

我醒来的时候，已经是在医院里了，雪白的墙壁、雪白的床单，忽然又看见我的右腿从膝盖以下打着白花花的绷带，大受刺激，马上想到了最坏的结局，一下子就哭了，眼泪一把，鼻涕一把，哭得天昏地暗。

在电梯里碰到的那个老男人此时就坐在我的床边，他不合时宜地说，对不起，你被我的车带倒了，伤了右腿，不过关系不大，你放心吧。

我忘了哭，挥手打了他一个嘴巴子。收回手时才想起犯了错，今天的表现实在是恶劣。忙忙地道歉，不好意思，情绪失控，你断了我的财路，我的房租水电都没有了。我又启发他，你替我想想身陷绝境又无家可归的滋味？

他被我打得措手不及，一只手捂着脸，定定地看住我，像一个犯了错误的孩子。

我赶尽杀绝，干脆不留余地，能赔我一笔巨额医药费就更好了。索性一不做、二不休地说，老男人，我看见你就倒霉，如果我嫁不出去了就找你算账。

他委屈地说,怎么见了我的面就叫我老男人,我老吗?是你走错路在先,这会子还怨我?

我恼羞成怒地说,我都这样了,你还狡辩?紫涨了脸恶狠狠地补充道,要说这事的罪魁祸首应该是许遥,都是因为找他,我才被你害成这样。

他小心翼翼地问,有许遥什么事,你认识他?

你问那么多干什么,还不打电话找我纪洋哥哥来?

他一副逆来顺受的样子说,好,马上就打。

我这人最见不得人家受委屈,看他的样子,心中又有些不忍,给了他纪洋的手机号码,他躲在走廊里,低调地打电话去了。

4

纪洋进来的时候,我正吃饭,老男人在外面的饭店里给我订的,待遇还不错。看见纪洋,我委屈得直掉眼泪,一头拱到他的怀里大哭不止。一边说,我嫁不出去了,我瘸了腿,没有人会要我了。我把眼泪和鼻涕抹了他一身。

纪洋拍着我的背,还有心思开玩笑,呵呵,你也有今天,谁让我倒霉,只好将就着吧!

我大叫,去死吧!省得在这里咒我。

我死了,你怎么办?腿瘸了,再花心也没用了,色狼。

算是求婚啊,省省吧,大小姐腿瘸了也不会嫁给你。

多年后想起这句只是开玩笑的话,大恸不已,想不到一语成谶。

正和纪洋斗嘴,阿绿来看我,怀中抱着一大把的素心兰。奔过来和我拥抱,嘴里嚷嚷,你受苦了,亲爱的。这样的礼遇除了纪洋给过我,还从来没有收到过。病房里的人一齐转过头来看我们。

纪洋拍拍我的头说,下午要上班,不准胡思乱想,傍晚再来看你。

我乖乖地点头。说阿绿你也走吧,回去码字要紧,我没有大碍,吩咐纪洋送她。

看着他们的背影出了病房,突然觉得很孤单,一直等到傍晚,纪洋也没来,正唉声叹气,自怜命苦,老男人却来了,给我带来好吃的,香水百合什么的,尽管如此,仍然不能制止我对他翻白眼。我想尽了办法折磨他,一会让他去打水,一会上他出去买水果,要不就让他去给我买卫生巾,我想尽了办法让他难堪。

有一天纪洋与阿绿都不在,可是我想去洗手间,正在这时老男人来了,我恶狠狠地对他说,过来扶我去洗手间,要不是你,我怎么会变成瘸子,我才25岁,你养我一辈子呀?

老男人对我的白眼像没看到一样,乖乖地扶我到洗手间,走到女用洗手间的门口,我停下来说,在这儿等我,还想跟我一起进去啊?

不知为什么,他一松开我,我的腿就不听使唤,脚一落地,钻心地疼,我忍不住尖叫起来,摔倒在地上,老男人在外面听到我的尖叫声,一个箭步窜进来,洗手间里的女同胞顿时乱成一团,他不管不顾地扶起我。我长这么大第一次红了脸,小声对他说,你先出去,一会再进来接我,他点了点头。

5

转眼在医院里住了三个星期,这种地方把人圈得无精打采,没有半点的自由,我迫切想出去呼吸新鲜的空气。躺在床上闲得无聊,寂寞的时候,心中会突然蹦出老男人的样子,说话不温不火,做事儿不紧不慢,对人不好不坏,一副宠辱不惊的样子。

这一段时间纪洋来得少了,他说再不上班就会被老板炒掉。他在一家IT公司做事,其实就是个卖手机的,不停地跳槽,一直没有找到适合他的发展机会,一副怀才不遇的样子。每一次规划着他的蓝图,计算着一个月的提成够买几个平方,还有多久就能买下房子,还有多久就会在这个城市有立足之地,我听了总会无端地心酸,想起那英的那首歌《心酸的浪漫》。

他来医院看我,我乘机拉他陪我出去逛街。纪洋不肯,我就振振有词,蹲监狱还有个放风的时间吧,何况我久已没到尘世体察民情了,就给我这个机会吧。

纪洋拿我一向没有办法,经不住我的软硬兼施,悄悄地在医院外面接应。

走在街上,还真有那么点解放区的天的意思,一向让我皱眉的街边烧烤小店,此刻见了也觉得分外亲切,坐下来吃了两串羊肉串,又去冰室吃冰,去以前常去的那家咖啡屋泡上两个小时,出来时,去滨海路散步,在城堡前看到有新人在拍婚纱照,不由得呆掉了,碧绿无边的青草地,蔚蓝的海天一色,新娘穿一件白色的V领露背婚纱礼服,缀满了蕾丝花边,长发盘起。

纪洋回身发现我被丢掉了,忙忙地回来找我,却看到我孩子一般站在那里参观别人的幸福,他轻轻地把我揽进怀里说,有什么好看的,我们也会有这么一天的。

我仿佛被纪洋唤醒,恢复了本来面目,嘲笑道,别臭美了。

纪洋乘机劝谏,见好就收吧,住到什么时候才算完呢?

我停顿了一下,忽然就明白了他说的是什么。我惟妙惟肖的演技,千年的道行,想不到被他一眼看穿。我甩手道,你别管我的事儿。

纪洋拿我没办法。他运气不好,挣不到钱,偏偏又找了个我这么一个能花钱的女朋友。

闲时,我在走廊扶着墙壁慢慢地走。这时候老男人来了,迎面走过来说,你最近好些了吗?

我说还好,还没死呢,叫你惦记了。说完故意回头对他嫣然一笑。对他,我总是恶语相向,从来没有好气,仿佛他欠了我十八吊钱似的。

他从不计较，只是最近好像很少来。有没有乖乖的，听护士的话，按时吃药？

我不语。

他沉默了一会说，好吧！我带你去一个地方。

我大喜过望，可是，我的脚……

他笑了，没关系，我背着你。

我忽然有一种不顾一切的念头，不计后果的冲动，我把脸伏在他的背上，我听见了自己有力的心跳。他的背很温暖，我想，就这样躺下去，哪怕是一辈子。

我想他可能已经知道了我的脚能走路了。

他亲自开车带我去海边，我深深地呼吸了一口咸腥的海风，心中一下子舒畅了许多。老男人此刻就站在我的旁边，他洞悉一切的样子说，你要在医院里住多久？

我紧张得听得见自己的心跳，心中忽然有些悲凉，口气软下来说，你当我愿意这样啊？总要把脚养好了，才可以出去拼啊，我容易吗我？

老男人笑了，不如到我们公司去上班吧？最近刚好有一个文员回家生孩子了，要找个人补上。

我无所谓地说，你们公司不会是只有三五个人，房无间，地无垅，冬无暖气，夏无空调的草台班子吧？我可是堂堂白领啊。

老男人笑意深了几许,嘴角微微地牵动,有一股孩子气的纯静,他打着哈哈说,水不在深,有鱼则灵,公司不在大,效益好就行。你去了就知道了。

听他的口气,好像他们公司的效益很好似的,我忙拿话往回圈,故作不屑地撇嘴,只要不把我卖了就成。

出院那天,小北也来接我,看见老男人在一旁提着我的洗漱用品,毕恭毕敬地叫了一声许董,我惊讶得嘴都合不拢,这个在医院里被我呼来唤去的男人竟是许遥,其实我早该想到的。我不能再张口闭口地喊他老男人,我正式称呼他为老许。

6

出院以后,我再也没有跟许遥联系过,四十几岁的男人,我毕竟不是他的对手。

过生日那天,亏纪洋想得出来,请我到"山水楼"吃包子庆祝。坐在角落里,忽然看到一个熟悉的身影从我桌子旁边经过,那人一回头看见我,惊喜地叫道,艾诺怎么是你。

我叹气道,怎么不能是我?难道我们不能到这里来吗,穷人也可以偶尔奢侈一下的嘛。见到他我不再像以前那么放肆,但仍旧恶习难改。

许遥说,你知道我不是这个意思的,我请你们喝茶去吧?

纪洋赶紧说不去了,没时间,一会儿要赶到公司开工。

两个男人的目光一下子都落到我的脸上,两个人的脸上都是殷殷期望,只是一个希望我去,一个希望我不去,我不敢看纪洋的眼睛,朝许遥点了一下头。许遥对于我来说太有诱惑力和杀伤力了,这样有钱有地位长得又凑合的单身男人抢都抢不到手。

吃完包子离开的时候,纪洋去喊服务生过来买单,服务生说,已经有人替你们买过单了。纪洋生气地掏出一张百元大钞,摔到桌子上说,艾诺,你去喝茶,把这钱带给他。

纪洋生气了,我底气不足地小声嘟哝:不就是喝下午茶吗?至于给我脸色看吗?

纪洋黑着一张脸,一声不吭地走了,好几天都没有理我。

和许遥在"清风茶苑"喝下午茶,他穿着棉麻休闲装,下巴刮得泛青,看起来并不老,不知道是不是以前的眼光有问题,还是现在的心态有问题,自己想想,不由得笑了。

坐下来我就毫不客气地叫了自己喜欢吃的东西,一时找不到合适的话题,找不到切入点,像800年没有吃过饭似的,对着那些茶点恶狠狠地下手。

许遥看着我笑,你不是答应了到公司里来上班,怎么一直没来呢?

我自嘲,你们公司多我一个不多,少我一个不少,何苦养我这样一个闲人,我还是有自知之明的。

本公司现在正缺少你这样敢作敢为、伶牙俐齿的优秀人才。

别抬轿子,我这人还真就有些不识抬举。

我和许遥相视而笑,棋逢对手。

回到蜗居。纪洋也在,阿绿坐在电脑桌前敲键盘码字,那是保证她衣食无忧的吃饭家伙,纪洋不自然地坐在餐桌边,对着两盘已经冷去多时的小菜,一张脸阴得能滴出水来。

我关切地问,纪洋,你怎么了?有人欺负你了?

纪洋凶道,只有你敢欺负我,别人谁敢欺负我?

我没好气地说,我关心你而已,何苦拉长了一张脸,给谁看?我又没得罪你?

纪洋也没好气地说:你现在傍上了有钱的主,还有时间管我?

我气得眼睛里浸满了泪水,说,我又不是去给人家当小老婆,什么傍不傍的,你何苦说得这么难听?

纪洋的眼睛也亮晶晶的,是啊,这年头连鸟儿都拣高枝飞,我还痴心妄想。

我不敢看纪洋的脸,他吃醋的样子让我心动。

阿绿站起来说,拜托两位,别在我面前打情骂俏,我可受不了这个刺激。

和纪洋闹了两个星期的别扭,仍然没有和好的意思,心中有些后悔,从前是小两口吵架不过夜,最迟也就一两天,纪洋就会颠颠地跑来跟我道歉,自然每次都是他错了。这次看来他是铁了心不理我了,想至此有点心疼,拿出手机拨了那个熟悉的号码,却终

于没有打过去,心情不好,看什么都烦,戴着耳机,窝在沙发上看DVD,意兴阑珊,许遥打电话约我出去喝下午茶,我推说头痛,借故推掉了。

7

又过了一个星期,纪洋仍然没有来找我,心中不由得颓败,赌气答应许遥去他们公司上班,再次穿上高跟鞋,化精致的妆,做回到白领,心中的感觉舒服了很多。

工作很轻闲,薪水却很可观。整理文件,陪许遥出去应酬,许遥总是很巧妙地替我挡酒,那一份温情别人是无法体验到的,也不是没有心动,只是我很明白,纪洋才是我情感上的最后归宿,所以一直坚守着最后的一块阵地,留给纪洋,纪洋不会懂,疯癫如我,其实心里却是很清醒的。

有一个晚上,许遥喝醉了,我送他回家,他不肯,说再去喝酒,没办法去了一家通宵营业的酒吧。那晚许遥大醉,语无伦次,可却是真性情的流露,他那些支离破碎的言语,我一块一块地拼在一起,像拼图,拼出了一幅有层次的图画。

他只是想说,而我能做的只是一个被动的听者。从前我一直对有钱人没有什么好感,认为都是些机会主义,加逢迎拍马,继而左右逢源,有了几个钱,便满身铜臭,张狂不可一世,认为所有的东西都可以用钱买到。

我也喜欢钱,大可不必犹抱琵琶半遮面,但喜欢与喜欢不同。许遥拍手,认为精辟。

许遥唇齿不清地问我,你的纪洋哥哥呢?怎么最近老没见?

是啊,纪洋呢?他此时在干什么呢?这样想着,心中不由得刺痛。

心情无端地坏起来,抬头看看墙上的老式挂钟,已过了午夜,我站起来对许遥说,你该回家了,不然你太太该着急了。

许遥看我一眼,又看我一眼,自嘲道,我太太去英国好几年了,说不定现在正在英国的某个庄园的角落里种玫瑰呢。

间隔许久,他不再说话,大约沉浸在回忆之中。多年前,许太太抛夫携女,远走他乡,其间必有一段隐情,只是许遥不说,我也犯不着去打探别人的隐私。

两个人干坐着,竟一时无语。

半晌他又说,她带走了我唯一的女儿。

我仍然默不作声,在这个夜里,我不知道说什么才能安慰他,伤心人对伤心人,不说话大约也是能够体会的。

第一次对许遥有了全新的认识。

凌晨回去,阿绿正在码字,这是她一天中最清醒的时刻。我轻手轻脚地去洗手间洗漱,生怕吓走了她的灵感。她听见响动走出来,把手臂抱在胸前,静静地看我,她的眼神有一种令人心悸的穿透力。我笑着骂她,死样,怎么这样看我?今天如何?有灵感吗?

阿绿所答非所问地说,你和许遥在拍拖?

你想哪去了?我不过是在他的公司里做一个自食其力的小小的职员。

阿绿的嘴角牵出一抹嘲讽的不甚明了的笑,疏离而冷漠。

8

公司在水上人间搞了一个酒会,招待两位十分重要的贵客,远道从英国来,指名要与许遥的地产公司合作。许遥说给我听,要我去买一件像样一点的衣服,说是公司给报销。我听了笑得灿烂无比,两颗虎牙全露出来了,赶紧跑去一家专卖店里买了一条心仪已久的WHITECOLLAR白色吊带裙,线条简洁流畅,没有一点装饰,配一双白色细带高跟凉鞋,鞋面上缀着繁复的白色花朵,鞋跟足有二寸半,站在试衣镜前,导购小姐几乎是仰视地看我,虚荣心得到了极大的满足。机不可失,时不再来,公报私仇地恨恨地买了下来,心中出了一口恶气。

晚餐没吃什么东西,怕一会儿的酒会上,腰肥肚圆地穿着白裙,不雅。这会儿饥肠辘辘地有点难受,可是看到人们追随的目光,特别是男人的目光,心中颇为自得。许遥站在一群人里,应酬的人密不透风,偶尔回头看我一眼,微笑、点头,极优雅。

9点整,华灯齐放,贵客出场,掌声雷动,从休息室的门后面转出来的一对金童玉女,简直是一对天作之合的璧人。男的黑色西装,女的绿玉一般通透可人。

我站在人群的背后打量,老天,两位远道从英国而来的贵客,原来却是与我朝夕相对的故人。

阿绿站在许遥的面前,伸出手说,我代表我的母亲与贵公司合作,希望在地产界大展雄威。

许遥说不出话来,我想他是猜出了阿绿的身份,是的,阿绿就是许遥远走英国多年的女儿。我没有心情看他们父女团聚的苦情戏,不管是回来报仇的也好,报恩的也罢,与我什么相干。

我只看纪洋,他今天晚上简直帅呆了,淡淡的眉眼间,恰到好处地志在必得,我印象里从来没有看到纪洋这种表情,我所认识的纪洋,一直是一个家常男人。纪洋也看我,我自信今天晚上这份妆容还是能比得上阿绿的,我伸过手去,纪先生春风得意,年轻有为,可喜可贺啊。

纪洋说,艾小姐年轻能干,将来也必大有可为。

我努力地维持风度,不让眼泪掉下来,脸上笑容如春风普渡,心中却苦如黄连。纪洋就是这样报答我的一分真心的。

我推说去洗手间,正式退场。甩掉该死的高跟鞋,没有舍得扔,提在手里,一路狂奔,看见一处通宵营业的酒吧,一头扎进去,要了一杯杜松子酒,仰头灌下去,眼泪才不可遏制地流下来,总以为自己会有分寸,总以为自己能把握住自己,就算做到了又怎么样,却把持不住别人的心不变,把持不住别人的猜疑。

玩得过火了,在一条不见终点的路上走得越来越远,终于丢掉了纪洋。

快天亮时,回到家里,仍然大恸不止,以为是世界末日一般。却意外发现,纪洋也在。

回自己房间锁上门,任凭纪洋在外面敲门,我不理。

纪洋说,我错了,小艾,看在5年的情分上,你打开门,让我看你一眼,从此后哪怕永不相干。

我倚在门上,心一寸一寸地灼痛,问自己,何以至此?

硬着心肠,在门里冷笑着应对,你放心,我不会傻到为你自杀、自残,我甚至不会为你流一颗眼泪。

良久,我听到纪洋的脚步声渐渐地远去,一直到悄无声息。心虚空起来,痛,一阵阵地泛上来,我颓然坐到地板上,爱走到了尽头,除了彼此的伤害,已回天无术。

一直以为爱情会在那儿等我,纪洋会在那儿等我,原来没有什么是可以不变的,也包括我,不是吗?

我搬出了那间租住了两年的处所,阿绿说,你别走,反正我不会在这里住长的。我笑言,算了,睹物伤情,还是搬出去的好。

阿绿犹犹豫豫地说,纪洋去了北京,听说发展得并不好,穷困潦倒。

听到纪洋的名字,心仍然会隐隐地痛,我默不作声,我不想提纪洋,我知道他和阿绿走不到一起,他们根本就是两个世界里的人。

没有了爱情,没有了工作,日子还不是一样过?没有什么会为我停留,好在年轻,伤口愈合得快。只是流年似水,回首前尘,人事皆非。

一天·一生

1

林舞最近常常做梦。她又梦见了故乡的那条小河,小河蜿蜒向西南方向流去,像一条玉带,波光粼粼,美得如同一幅风光迤逦的油画。岸边有一大片的白桦林,茂密、苍翠、葱郁。林中有条羊肠小路,路边开满了不知名的野花和亭亭玉立的野百合,那些花真美,在风中摇曳。林舞在这条没有尽头的林中小路上奔跑,一直跑,可是却突然发现脚上却没有穿鞋,不小心踏在了林中的荆棘上,那些刺扎入脚心,深深的疼痛一阵阵地袭来,然后血便流出来,点点滴滴洒在小路上,刺目的惊艳,像林中开得纷纷扬扬的野花……

闻雨站在小路尽头的虚无缥缈中,看到林舞扎满刺的脚却并不跑过来,林舞喊他,闻雨、闻雨,闻雨置若罔闻,依旧绝情地站在那里笑,林舞哭了。

林舞惊醒过来,身上已经汗湿,睡眼惺忪地伸手摸了一把,身边空空如也,闻雨并没有回来,看看床头柜上的闹钟,也不过才夜里10点。她两眼空洞地盯着天花板,无聊地看着那些纹理的纵横走向,听着闹钟发出的寂寞的嘀嗒声。

乐乐说做梦是因为虚火上升,不知道是不是真的。

2

良久,林舞从床上爬起来,打开电脑。她在网上的名字叫虞姬,千古美人虞姬,这个寓意香艳的名字,使她得意了很长一段时间。她拍着闻雨的肩膀说,这是灵感。闻雨不屑地回应她,小心色狼。好在他的话并不能打击她,爱这两个字爱到极处,索性用来做笔名,在每一张她画的卡通画上签上这个名字。

前两天,林舞在网上认识了一个叫西楚的男人,因为叫西楚,所以多聊了两句。比如穿什么牌子的衬衣、戴什么牌子的手表、用什么牌子的香水;常看的书、喜爱的音乐以及常去的网站。沟通的结果是彼此臭味相投。从村上春树到富士山的积雪,从爱尔兰的风笛到爱尔兰咖啡。林舞呆呆地对着电脑屏幕,仿佛顺着电线能看到那个和她一样喜欢鸦片香的男人。林舞活动了一下僵硬的手指，揉了一下干涩的眼睛，看看墙上的钟已过了午夜，和西楚说再见。西楚说，明晚10点钟，还在这里等你。林舞赶紧说，明晚我不来了，不要等我。

闻雨回来时，已经过了12点了，这个家伙最近不知怎么了，空前的忙。

林舞关了电脑。像一只猫一样悄无声息地钻进闻雨的被窝，闻雨张开眼睛说，再玩得这样疯我就不要你了。林舞睁着一双迷离的眼睛，顺从地点头。她很爱这个男人，林舞最怕闻雨不要她，她是因为闻雨才留在这个城市里，偌大的城市里除了闻雨就再没有什么亲人了。她觉得孤单，寂寞如水一般漫上来，却没有办法抵挡。

闻雨的工作性质决定了他早出晚归、常常出差。林舞怕寂寞怕得要死。闻雨有应酬的时候，她多半不吃晚饭就钻进被窝里，睡不着吞两片安定。可是接下来的第二个晚上，就更睡不着了。她只好把公司里没做完的活拿到家里来做，她总是提前完成工作，因此被老总表扬过好几回了，甚至还给她加了一点点微薄的薪水。

常常林舞打开电脑，做完图片，就顺便拐进聊天室和西楚聊两句。等闻雨深夜归来，她就关了电脑，去给他做消夜，放洗澡水，像一个贤惠的小媳妇。

林舞说不清楚他和闻雨谁先追谁,大学时,班里或明或暗已经有很多对了,她却仍旧形单影只,一个好心的同学把她和闻雨划成一对。毕业后,曾经的恋人大多风流云散,唯独她和闻雨没散,并且还搬到一起同居了。这样大逆不道的事情如果是在父母身边,想都不用想,肯定行不通。

有一天,西楚说,我想见见你。林舞沉默了很久,才说,将来吧!如果有缘。林舞根本不相信什么缘,只是觉得这是一个很好的托词,不会伤人及彼。西楚并不勉强她,一如既往地说些不咸不淡的话。林舞才把一颗心放到肚子里。

3

林舞缩在床角,看闻雨收拾东西,牙刷、牙膏、毛巾、香皂、换洗的内衣,塞到一个出差的专用包里,闻雨做这一切时很熟练,看得她心里酸酸的。闻雨过来在她的额头上轻轻地吻了一下说,只去两周,别这样好吗?林舞点点头。闻雨说,高兴点,笑一个给我看看。林舞仰起苍白而精致的脸,睫毛上还挂着点点的泪痕,给了闻雨一个淡淡的笑。闻雨的心中有一丝柔软的痛慢慢漾开,他推开门出去的时候,林舞牵着他的衣角依依不舍地说,早些回来。

闻雨回身说,出差回来我就娶你。林舞在他的脸上吻了一下,尽管这句话她听过很多遍,但仍然是世间最动听,最能牵动她的心的话。和闻雨同居多年,青春渐去渐远,林舞的内心深处便有一丝渴盼和焦灼。

　　林舞像丢了东西似的,在屋子里走来走去,最后她停在窗前,拉上厚厚的紫色丝绒窗帘,把夜色隔在了外面。她穿着宽宽大大的睡衣蜷缩在床上,抱着闻雨睡过的枕头,眼泪一滴一滴落下来。曾经,她是那样喜欢一个人独处的时光,可是现在,她害怕寂寞,害怕一个人面对死一般静寂的屋子。

　　她打开电脑就看到西楚,固执地不理他。画了几张卡通的草图,怎么看都不满意,画面又呆又笨,改来改去更不满意,索性不再理会。点开西楚的留言,西楚说,想你,你是不快乐的,要把我的快乐分一半给你。她的心微微地颤抖了一下,皱着眉头笑了,她问自己,想念一个未曾谋面的人吗?

　　阳光从窗子透进来,细碎地照在林舞的脸上。

　　电话响起来,林舞抬头看看墙上的挂钟,刚好是早晨8点。闻雨在电话里问林舞有没有不乖,有没有好好的吃东西,有没有想念他。林舞对着话筒一个劲地点头,欷歔不已,心里想着,至少还有一个星期闻雨才能回来。

4

　　林舞的大学同学乐乐比她现实很多,大学一毕业就和学校里的那位和平友好地分手了,顺利地嫁给了有钱人。在这一点上乐乐比她成熟,开导她,这个时代已经没有乌托邦式的爱情了,几乎就没有纯粹的东西。想那么奢侈的东西就是和自己过不去。道不同不相为谋，因此毕业后，林舞就没怎么和乐乐来往。

昨天乐乐意外打电话来，说她老公的公司在城市会所举办嘉年华会，约她一起去。林舞想，老是把自己关在屋子里，就变成了朽木了，反正闻雨不在家，出去散散心也好，打发时间容易些。

她穿上牛仔裤，想想那样的场合，于是脱下来，从柜子里找了一条及膝的裙子穿上，波西米亚风格的披肩，头发挽起来，发梢从髻中穿出来，对着镜子化了一个淡妆，看看镜子中的自己，有些妩媚和妖娆。

不知道是谁想出来在会所里举办这样的活动，大厅很宽敞，音乐飘浮在半空之中，素洁雅淡的小女人刘若英在唱《为爱痴狂》。开始陆续有一些人来，男人衣着光鲜，女人漂亮斯文。林舞端着一杯果汁，远远地看着这些人虚伪地客套，仿佛事不关己，她把自己置身于事外。她不认识什么人，不过没关系，反正有果汁喝，有东西吃，足矣！

其间，也有几个男人过来和她搭讪，她闲闲地应对，想着还有男人注意自己，大约还没有老到不堪。

她看着乐乐穿梭于客人中间，像一只花蝴蝶，谁能知道，她的儿子都已经5岁了，而自己还在谈一场不知道有没有结局的恋爱。

林舞悠闲地享受着食物的时候，忽然看见闻雨，刹那的喜悦，

她几乎想跑过去抱住他。可是，慢着，她看到闻雨的胳膊上吊着一个女孩子，握着大把青春的那种，想了一圈只能用漂亮两个字来形容，比林舞漂亮，比林舞有品味，看她的穿戴就能知道，香奈尔时装，那要多少钱，林舞是知道的，想想竟有些气短。自己拿什么跟这样一个女人去争闻雨呢？除了没钱还有所剩无几的青春。林舞惊讶自己还有心情去打量二人是不是相配。

她伸手从台子上拿过一杯果汁，慢慢地踱到闻雨面前，脸上挂着一丝笑容，淡定地说，恭喜你啊闻雨，又勾到漂亮女孩子了？你老婆等你回家买奶粉呢！闻雨脸上的表情不停地变幻，惊、恼、怒，唯独没有喜。他说，林舞，回家等我电话好吗？林舞乖乖地点头，把一杯果汁用电影上最老套的手法，当然也是最实用的办法，一滴不留地泼到了闻雨的脸上。黏稠的果汁使闻雨看上去很狼狈，林舞的嘴角牵着淡淡的笑意转身离去。

5

林舞出门，伸手拦了的士。在车里，回头看见闻雨从屋子里跑出来，嘴里喊着她的名字，她看着看着，眼泪模糊了眼睛。心痛。从上大学到现在，差不多有10年的时光，是韶华不再的青春，一点没留地给了他，他却并不曾珍惜，弃之如敝屣。

她拿出手机给西楚打电话，手机很快就通了。西楚的声音是她喜欢的那种，低沉的有磁性的。她简单地说，想见你。西楚说，别动,等着我去接你。林舞下了车,在广场冰凉的石凳坐下来,双腿不停地晃来晃去。

西楚站在林舞面前已经是40分钟之后,林舞打量着他,30岁左右,牛仔裤、粗线毛衣,干净的头发,是那个开一间小小软件公司的西楚。林舞觉得并不陌生,虽然是和闻雨住在一起,可是有许多时间却是眼前这个男人在陪她。西楚笑了,说,把我的肩膀借给你,拜托你别说不要啊,那我多没面子。林舞就笑了,说,带我去吃东西,我饿了。

西楚带她去西饼屋吃西点,厚厚的奶油,像一摊化开来的林舞的笑,林舞像一个没心没肺的小丫头,吃得专心致志,西楚不吃东西,一直看着她笑。

林舞跟在西楚的后面,上了21楼,那里是西楚的家。有一刻她想逃掉,她想起了《廊桥遗梦》的女主角,之所以没有跟心爱的男人走,是因为她的身后有一个爱她的男人,还有一大群孩子。林舞嘴角牵出一抹莫名的笑容,可是她呢,什么都没有,只有一个背叛了她的男人。

西楚用钥匙打开门,屋子不大,但却很干净,错落有致地摆放着东西,音响旁边的玻璃钢架子上摆满了碟片,看过的书还没有合上,散放在柜子上、地板上。不是乱,是那种有烟火气的生活的味道。

林舞回身瞟了一眼西楚,觉得自己像一个离家出逃的孩子。

西楚把林舞的被子放到床上,自己抱着毛毯去了客厅。西楚在客厅里伸头过来问林舞,你有没有男朋友?林舞说,有,不过现在没有了。西楚说,做我的女朋友好吗?林舞说,为什么?从前他也是这样说,现在还不是背叛我?西楚说,我不会的。一边说,一边把林舞抱在怀里,伸手去解林舞的裙子。一翻身把林舞压在身下,他没有心思去细细品味林舞那如婴儿一般光滑的肌肤。林舞挣扎着,甚至是哀求的,可是现在西楚根本听不到她的话,就是听到了也停不下来。西楚要进入林舞的时候,林舞在他手臂上狠狠地咬了一口,他疼得皱起了眉头,从林舞的身上翻下来,林舞乘机穿上衣服。西楚说,怎么了?我以为你是爱我的,我以为你想要。

西楚说,你的一生,我只要你一天。

林舞回头看他,目光锐利,林舞说,什么一天一生的,这才是你想要的本质吧?

6

林舞回到家的时候,闻雨已经等在家里了,他一把拥住林舞说,你去哪儿了?为什么不开手机?林舞甩掉他的手冷笑,每次都是这样出差吧?亏我天天在家里像傻子一样等你。林舞的本意是不想掉眼泪的,可是不知怎么就哭了。闻雨说,我是爱你的。男人在外面逢场作戏是有的,别太认真了。林舞一瞬不瞬地看着他的眼睛,渐渐地,闻雨的目光就虚弱了,看着别处。林舞说,我的心好痛。闻雨闭上眼睛,深深地呼一口气说,原谅我这一次好吗?林舞说不,说不的时候,眼泪哗哗地流下来,收拾东西的手停在半空中,收不回来。闻雨绕到林舞的身前,捧起她泪流满面的脸说,我是爱你的,我从来没有想过不要你,可是人在江湖,身不由己,你懂吗?不要离开我。闻雨在林舞脸上乱吻,吻她的眼泪,吻她的眼睛,吻她的睫毛。想起从前林舞的温柔、林舞的担心、林舞孩子般的身体,想起林舞对他种种的好,眼泪终于止不住地流下来。

闻雨说,你确定你不再要我了吗?林舞狠狠地点头。闻雨拉住林舞提着行李的手说,你别走,我离开。

闻雨走的时候,林舞是闭着眼睛的,她不想看到闻雨脸上的表情,她害怕自己会心软,会不让他走,她害怕自己的眼睛会出卖自己。

屋子里空寂起来,死一般地静,只能听到林舞呼吸的声音,害怕寂寞的林舞现在更寂寞了,再不用等闻雨下班了。她在屋子里走来走去,把花瓶里一把枯萎了的百合丢到垃圾袋里,把冰箱里吃剩的东西全部扔掉,把闻雨的东西也扔掉了。累了,她抱起闻雨睡过的枕头睡着了,梦见和闻雨吵架。

日子一如既往地过,工作一如既往地做,只是她画的卡通草图再也没有得到老总的表扬。有一天,她做完工作,顺便拐进聊天室,并没有看到西楚,也没有见到西楚的留言,她想或许西楚很忙。她一连去了好多天，终于有一天看到西楚，她满怀喜悦地上前打招呼，西楚一语不发就走了。她觉得很受伤，忍不住给他留言，问他为什么不理她了。很久以后，她在信箱里看到一句话，只一句话而已，可是她知道那是西楚写的。"你的一生我只要一天。"林舞忽然想起那晚西楚说过的话，想想心中悲凉无限。

后来有一天，一个朋友送了个新的OICQ号码给林舞，林舞于是有了新的网名，叫烟雨红颜，然后在网上闲逛时意外碰到西楚，西楚跟她说了很多的话，比如穿什么牌子的衬衣、戴什么牌子的手表、用什么牌子的香水、常看的书、喜爱的音乐以及常去的网站。沟通的结果是彼此臭味相投，从村上春树到富士山的积雪，从爱尔兰的风笛到爱尔兰咖啡。

林舞在电脑前呆掉了，觉得自己正在慢慢死去，原来西楚跟每一个女孩聊同样的话，自己傻到去相信他。那样深深地打动自己的不是西楚，而是自己。她对闻雨说，看我有多笨啊！转过身，身后哪有闻雨，有的只是自己的影子。林舞把头埋在双膝之间，长发散乱地披着，清醒地体会到有一种痛在身体里发作。

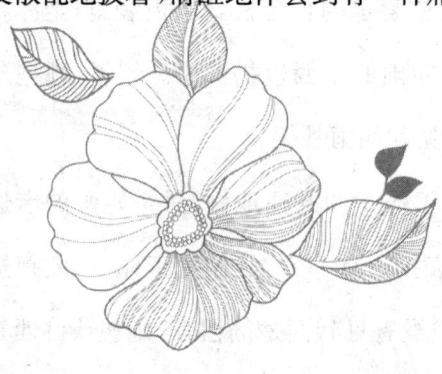

鱼无心

1

  光良是一家 IT 企业的业务代表,整天忙忙碌碌,一个大客户就盯了几个月,终于被搞定,签单子的那个晚上,一大帮同事有哭着喊着要他请客的,连上司也来凑趣,他只好伸出脖子挨宰。

  一大群人浩浩荡荡地去吃饭 K 歌,光良有些不舒服,心疼钱,毕竟那都是自己的血汗钱,自己还没娶媳妇,这年头,婚姻起步价那么高,谁愿意跟着自己这样既不养眼也无钻石的男人?

  可是上司要去,光良也只能违心地当一

只跟屁虫,跑前跑后地追随着。

那天晚上,不知怎么就喝高了,迷迷糊糊从洗手间出来,一脚踏在了一个穿着细带凉鞋的纤纤裸足上,光良吓了一跳,然后顺着那只脚往上看,不看则已,一看不由得心慌起来,一个很瘦的女子,脸色白到没有一点血色,竟然有一张鲜艳欲滴的红唇,灯光下,像盛开的花瓣,光良顿时觉得口干舌燥,窒息,莫明地烦躁起来,他在心里狠狠地骂了自己一句,没出息!

那个女子笑了起来,声音很好听,像金属碰撞时发出的悦耳的声响,她歪着头,有些顽皮地问他,你要一直这样踩着我吗?光良忙抬起脚,平常伶牙俐齿,对着她忽然笨拙起来,讷讷地说,是不是踩疼你了?话一出口不禁莞尔,心里想,这不是废话吗?能不疼吗?

果然,那女子略有些淘气地撇撇嘴,我踩你一下试试?光良没有听清她说什么,强劲的背景音乐,加上他的注意力都在她的红唇上,她的唇形饱满,唇线清晰,有一点点的性感,有一点点的娇嗔。

光良不自觉地想起甘小蕾,她的唇和眼前这个女子相比,单薄、素淡,而且永远不用唇彩,像两片失去了水分的树叶,有好几次,光良给她买了资生堂的口红,刻意地放在她的梳妆台上,她看见了,嘴角上挂着淡淡的笑,像一道伤口,划伤了他的心。光良知道她是讲究品味的女子,自视甚高,蔑视那些把唇画得红嘟嘟的女子。

我踩你一下试试,可以吗?女子对着他喊。

光良回过神来。

她说她叫鱼无心,这个名字怎么听都像是假名,不过没关系,这年头有假的谁还说真的?人人都戴着面具生活,更何况一个名字。

回到席间,大家嚷嚷着,说光良去泡妞,该罚酒,于是光良又灌下去两大杯啤酒,头竟然真的晕起来。回到家里,一觉睡到天亮,起来后头痛欲裂,想起昨晚遇到的那个女子顽皮的神情,竟似做梦一般,摸到口袋里的一张小纸片,上面写着她留下的电话号码,才相信这是真的。

隔天下班后,女友甘小蕾约光良一起去一个上海人开的餐馆吃本帮菜,光良有些懒散,对新鲜的事物并不感冒,无奈女友兴致饱满,所以不忍心扫她的兴,就一起去了。刚巧在那里再次遇到了鱼无心,灯火辉煌的餐厅里,无心看上去有一份纯真,眼波如水,穿着纯棉布的白裙子,针织小开衫。和她在一起的男人,看起来斯文儒雅多金,三十几岁的样子,是时下年轻女孩喜欢的那种成熟有钱的男人。

无心隔着好几张桌子,跟光良打手势。甘小蕾有些不悦,低声问他,你认识她?光良点点头,又摇摇头。这个敏感的女孩什么都挂在脸上,并且永远素面朝天,不施粉黛,尽管这是自信的体

现,但却也并不真的懂得女为悦己者容的真实含义,或许她的本意并不想讨得光良的欢心也未可知。

那晚,李光良和甘小蕾不欢而散,和鱼无心点头而过。

2

甘小蕾好几天没给李光良打电话,她真的生气了,其实就算光良不和鱼无心打招呼,她还是会生气,还是会不理李光良,一切的一切,光良明白,无非是个借口,一个离开他的借口,李光良不是女孩心中理想的男人,谈谈恋爱,或许会是不错的人选,但要说到结婚就不是一个理想的对象,没有钱,没有权,没有她想要的奢华的生活,也没有她想要的被人仰慕的虚荣。

在一起三年,分分合合的次数太多,所以她不打电话给他,或者光良打她电话她不接,都是意料之中的事儿。

光良百无聊赖地坐在电脑前,刚打开电脑爬上网,手机便不甘寂寞地响起来,以为是小蕾,但却是李光良怎么也不会想到的鱼无心。

电话里一片嘈杂的背景,无心微弱地说,我是鱼无心,在上次遇到的地方,你来接我。说完便挂了电话。李光良没有来得及细想,抓起外衣,开上公司配备的桑塔纳,一路狂奔,甚至闯红灯,赶到那家K歌厅,在混乱的人群里找到了无心,她看起来疲惫,头发凌乱,脸色苍白,只有红唇艳丽依旧。

李光良走过去，她紧紧地抓住他的手，有些抖，穿过混乱的人群，穿出迷离的灯光，喧闹渐渐远离，一直走到街上，她突然转过身趴在李光良的肩上哭了，光良没有防备，一下子手足无措起来。她的红唇离他那么近，近到在眼前晃，晃得他眼晕，李光良盯着看了几秒，然后把头别转过去，他怕自己会控制不住吻她，李光良不是什么好男人，但是温香软玉在怀，谁还愿意做好男人？那不是考验人吗？

李光良心中郁结的莫名的忧伤，被她点燃了，心情跟着坏得一塌糊涂。李光良想问问她为什么，可是话到嘴边最后还是忍住了，她不想说的，即便他问，她仍然不会说。

一直送她到楼下，看着她下车，跟自己道别，然后转身，体态婀娜地轻移了几步，光良才想起问她，我送你上去吧？她笑了，说，放心吧，我没事的。光良疑惑不定地看她，刚才还是泪人一般，这会儿又笑靥如花。不放心是真的，想和她有点别的什么事，也是真的。男人的那点小心思，鱼无心仿佛一眼就能洞穿，看着老实的光良，鱼无心似乎有些不忍，说，上来陪我喝一杯吧！

光良如获特赦一般舒了一口气，跟在无心的身后，一步一步上楼。

无心的居屋很小，李光良和她坐在檀香木的地板上，无心起身去厨房拿来一瓶红酒，两只杯子，一面转身笑道，你信不信你是第一个来我屋子里的男人？李光良愣在那里，她笑道，我是开玩笑的，看你吓得。

李光良缓过来问她，你为什么叫鱼无心，鱼没有心吗？无心笑得花枝乱颤，喝了酒，脸上绯红，仿佛早已忘记了晚上发生的一切。她拿过李光良的手，在李光良的手心里轻轻写下了"于无心"三个字。酥麻的感觉，顺着血液通向四肢。她抬头看李光良，娇艳明媚的唇，仿佛是滴不尽的诱惑，半张半合，下巴微微地仰起，天啊，李光良听见了自己的心跳，他管不住自己，终于忍不住吻了她的唇，她的唇有蜜一样的甜味。她没有拒绝，也没有甩李光良耳光，只是轻轻地闭上了眼睛。

3

甘小蕾终于打电话来，说要跟他的老板去香港、新加坡出差，大约一个月之后才能回来，李光良听了不知道说什么好，良久，小蕾在电话的彼端，轻微地叹了一口气，李光良听到了，但却不想说什么，能说什么？和老板一起出差，总会让人想到暧昧和艳遇之类的字眼，况且是李光良的女朋友和老板一起出差，就算李光良再没心没肺，退一万步来讲，就算李光良不爱小蕾，也不会乐得跳脚，那里面还牵涉到男人的尊严。或许小蕾告诉他，只是为了让他留住自己，可是李光良却想把选择的机会留给她，让她自己决定去与留。

尽管为公司签了一个大单子，但公司老板的亲戚仍然撬了李光良市场部经理的位子,他没有犹豫,也没有留恋,找了一个空纸箱,把自己的东西收拾好,平常那些称兄道弟的哥们,没有一个过来送他,人人看着老板的脸色做事,人人自危。

李光良的心情坏得不能再坏,给无心打电话,响了几声却没有人接听,给小蕾打电话,小蕾的手机不在服务区,是了,香港、新加坡那么远,当然不在服务区了。

天还没黑,李光良一个人去了上次那家K歌,有年轻的女人蹭过来,大哥一个人不寂寞吗?请我喝一杯吧?李光良不耐烦地摆摆手,那年轻的女人便撇着嘴,嘟囔道,一看就知道是个穷鬼,还装什么装?李光良听了先是愤怒,这年头,连小姐也看客下碟,继而笑了,是啊,李光良算什么,先是失业,然后女朋友跟着老板出差,真是穷鬼也不配当。后来,李光良真的笑了,看着那个年轻的女人屁股一扭一扭的,去招揽别人,看来是一个比自己敬业的主儿,李光良一直笑到流出了眼泪。

一扭头,他看到了无心,于无心,她在舞池的中央,被别的男人搂在怀里跳舞,依然是那么风情万种,骄人的青春像水一样流淌,小蛮腰,眼眸如水,红唇妩媚。

无心。李光良在心中念她的名字,念一次疼一次。他把玻璃杯中的科罗娜,仰头灌了下去,然后走到舞池边上,拉住无心的手,无心不肯跟李光良走,于是僵持在那里。

无心回身,被那个男人带进怀里,李光良认得那个男人,是上

次在那家新开的餐馆里,吃本帮菜的时候遇到的那个男人。他们继续舞着,李光良突然觉得心中不能遏制地悲凉起来,伸手抓了一把,像是要抓住救命的稻草,结果抓住的仅仅是无心身上的小衫,不知怎么小衫就掉了下来,她光滑白皙的背上,文了一个触目惊心的红唇,无心的身上只剩下黑色的文胸。有一刻钟,大厅里鸦雀无声,很多人屏住了呼吸,等着看接下来的一幕。然后不知是谁吹了一声口哨,无心"哇"的一声哭出来。李光良慌忙脱下外衣披在无心的身上,还没等他反应过来,鼻子上便挨了一拳,只觉得鼻子"哗"地一下,瞬间热流而下,不用看也知道流血了,李光良不擦,回身看,是和无心跳舞的那个男人打他的,李光良怒目而视,那个男人便说,看什么看?她今天晚上被我包了。李光良揪住那个男人恼怒地说,你胡说。那个男人有些不屑的样子,谁胡说?她不过是个伴舞小姐而已。李光良和那个男人撕扯起来,无心跑过来抱住李光良,泪如雨下,一边对那个男人说,他是我表哥,请高抬贵手。

4

无心费了很大的劲把李光良弄回家,给李光良擦了脸,然后用棉球塞住鼻子,血不再往下流。无心说,你怎么那么傻呢?

李光良不说话,看着她,一直看着她,为什么李光良认识的女孩都那么喜欢钱,为什么都是物质女孩,甘小蕾是,于无心亦是。

李光良的心绞疼起来。无心伸出一根修长白皙的手指,轻轻地为李光良拭去了唇边的泪,她亦泪流满面,哽咽道,不值得为我这样的女人。

李光良捉住她的手,看着她的眼睛问,这一切都是为什么?李光良希望她能给自己一个冠冕堂皇或者不得已的理由,比如家人生病,比如急需用钱之类。

可是,半天她说,第一次跟着同学去玩,后来便恋上了跳舞,再后来觉得挣钱很容易,有了第一次,便不可遏止地有了第二次、第三次,然后在学校混不下去了,便跟着她们出来混。她抬起眼睛看李光良,露出一丝纯真,画蛇添足地说,我只陪他们跳舞。

李光良心情复杂地盯着她,叹了一口气,甘小蕾的物质、于无心的单纯,在李光良的心里打了一个结实的死结。

李光良拉住她的手,告诉她自己喜欢她,她哭了,说她也喜欢李光良,只是错误的时间、错误的地点、错误的相遇,所以注定不会有一个好结果。

李光良说自己不介意她的过去。她笑着点头,很开心的样子,把头轻轻地偎依在李光良的肩上,喃喃地说,你喜欢我就把我拿去吧!李光良抱着她,心跳得很厉害,仿佛要窜出胸腔,只是他什么都没做。她转过头来看李光良,李光良趁机吻了她,她的唇甜蜜、芬芳,有一股馥郁的玫瑰的香味。

其实李光良并不能肯定自己真的会不介意她的过去。

甘小蕾从新加坡回来,正式跟李光良分手,3年的感情终于画上了一个句号,李光良并没有多难过,如果自己不能给她幸福,那么,为什么不放她去找她认为的幸福呢?

给无心打电话,打了很多次都不通,当李光良再一次去找于无心的时候,已是人去楼空,她曾经租居的屋子里,一片狼藉。

很久以后,李光良的电子信箱里收到一封没头没尾的邮件,她说不用再找她了,她已经离开了这个城市。过去是永远都抹不掉的一笔,不是因为谁介意就存在,也不是因为谁不介意就不存在的。她非常理智地说,与其将来这份伤痕会硌痛谁,还不如把这份美好的感情留在记忆里。

李光良终于和于无心擦肩而过,闲暇时想起她,记忆中最清晰的竟是她的红唇和染了蔻丹的红指甲,想起《围城》中孙柔嘉对汪太太的评价,不过不是说出来的,而是在一张纸板上,画一张红嘴,相去寸许画十个尖而长的红点,此外的面目身体全没有。而于无心不同,她的空白处是有内容的,那就是她的思想,她清晰地看到了如果和李光良在一起会发生什么事,所以她选择决然离去,使她的背影成为李光良的记忆。

花 树

1

天渐渐暗了下来,房间里没有开灯,我望着花树模糊不清的脸,愤愤地说,你说,他凭什么那样对我?

花树不说话,一直沉默着。

想起那个人,我还是会流眼泪的,我拱到花树的怀里,一遍遍地问她,你说他为什么这样对我?

花树拍着我的背,安慰我,把一张张的面巾纸递给我。过去的都已过去了,今后你有什么打算?

我黯然地说:我想开始新的生活。

花树说,好啊,我帮你介绍一份工吧!散散心也好。我有一个朋友,是中南路上一家车行的经理,你去帮他吧!

可是,关于汽车,我什么都不懂。

没关系,他会教你的。

我说,花树,你肯定他会教我吗?他是你男朋友吗?还是你对我好!你是我的亲姐姐。

花树默默地笑,笑容晶莹明媚。

2

我推开门,江阳就坐在靠近窗子的一张桌子后面,阳光透过百叶窗洒进来,有几点落在他的背上,像一张背景过于明亮的照片。

有20秒的时间我有些恍惚。

江阳沉着脸说,前两天给你介绍的那个客户进展如何?

我如实地告诉他说没什么进展,那个客户并没有真的要买车的意思,只是打听打听而已。

从我来公司,就没有看到江阳笑过,我甚至有一点点怕他。他说,你知道,如果做不成这一个单子,结果会怎样?

我咬住嘴唇,用力地点头。我当然知道,过了3个月的试用期,还没有完成公司规定的额度,就意味着我将自动离职。

江阳说,你不知道?那一单已经被柯小兰抢去了。

我站在那儿,心中生出幻灭一般的感觉,像半截木头,说不出话来。

江阳递给我一张名片说,你再去找他试试吧!

想不到他这样帮我。我终于卖出了来公司之后的第一辆车,我可以留下来,不用走了。

江阳的办公室是明间,透过玻璃,我能清楚地看见他的一举一动。下班之后,我打内线电话给他说,我想请你吃饭。

他的脸上有了些微的笑意,他拿着电话,眼睛却穿过玻璃看着我说,去哪里?

我说地方你选吧!

他脸上的笑意深了,既然是这样,我不客气了,香格里拉怎么样?

我心里说,真够狠。我有些心疼,但脸上却依旧笑颜如花地说,可以啊。

其实我心里不知多么希望他说,那地方太贵了,换一个地方吧。

可是他没说。

3

下了班,去洗了头发,给花树打电话,说了吃饭的地方,花树说,不去了,我忙呢,手里还有一个活儿没做呢。

我说，还不是为了请你和江阳，人家好心赔上银子，你倒不领情。

花树问我，江阳去吗？他今天给我打电话，怎么没有说起过啊？

是啊是啊，江阳去你也去，江阳不去你也不去，可见是重色轻友。我调侃。

花树在电话里叫，小丫头，这样跟我说话，小心我灭了你。

我没有城府地笑。

花树果然来了，换了长裙，淡扫蛾眉，洒了"毒药"香水，没有半点职场女强人的味道，淑女中的淑女。

相比之下，我就逊色多了，牛仔裤，短小的斑纹小背心，一弯腰便会露出一大片象牙白，头发短得像一个男孩子。

我们并没有真的去"香格里拉"，江阳开车带我们俩去了郊区一个渔村的小饭馆，看起来还算干净，菜量很大，盛菜的器皿都是粗瓷的大家伙。我第一次看到那样的吃法，觉得很特别，心里生出一种奇怪的感觉，只有花树的淑女装好像不大适合这里的气氛。花树有些落寞地坐在角落里，不说话。我和江阳却很开心，我喝了很多啤酒，有些朦胧的醉意，想起从前，想起那个人给我的伤痛，便流下了眼泪。我觉得自己的样子很丢人，索性趴在桌子上。

我听到花树吩咐江阳送我回家，在我心里，我一直觉得花树像一个我最亲的亲人。

江阳扶着我上楼,我感到江阳臂弯的温热和他身上浓重的男人气息,我有些茫然。虽然我醉着,可是我的意识却是很清晰的。

江阳把我送到沙发上躺下,我闭着眼睛感觉到江阳的气息游离在我一尺左右的地方,我不敢睁开眼睛。

江阳说,我爱上你了,怎么办啊?从第一眼看到你的时候。

我的心跳得很厉害,仿佛要破腔而出,想不到他跟我说这样的话。

不知过了多久,江阳走了,我爬起来,揉了揉太阳穴,一宿到天亮,再不能眠。

第二天,在公司里看到江阳,我装做什么都不知道的样子,隔着玻璃,我想看看他的反应。谁知道江阳比我还正常,埋头专注工作的样子很帅,正应了那句话,男人只有工作时的状态才是最美丽的。我放下一颗心,说不定那只是我昨夜的一个梦而已,于是我安心地工作和吃午饭。

晚上看到花树,花树正在做面膜,一张脸惨淡地白,很狰狞。我犹犹豫豫地告诉花树,我想辞掉那份工作。

花树不动声色地问:为什么?

我说没什么,只是做不惯,觉得压力很大。

花树开玩笑地说,这样啊,我还以为江阳欺负你了。

我像摸到了火一般,感到灼灼的烫,连忙说,哪有的事,与别

人无关。

花树嘻嘻地笑,自信满满地说,我量他小子也不敢。

我苦笑,你跟江阳对我都很好,是我自己不争气。说着说着,我就流下了眼泪,在我的潜意识当中一直觉得,不能对不起花树,从发现那个跟我同居的男人跟别的女人好上了,我觉得全世界只剩下花树一个人能理解我。很长一段时间,我特别脆弱,那一颗柔软的心脏,仿佛再也不能承受任何的负担。

花树温和地对我说,你再坚持一段时间吧!别遇到了困难就逃避。

我只能点头……

花树啊花树。

4

那样的夜晚,睡不着,一个人呆呆地守着寂寞的屋子,想着从前那个男人给我的伤痛,挥之不去,越缠越紧,透不过气来。

电话在那样寂寞的夜里响起来,声音似乎格外的大,吓了我一跳。抄起电话,竟然是江阳。我沉默着,听他在电话里说,看不到你我想你,看到你我就更想你,你是谁?是上帝派来的吗?

眼泪无声无息地漫上来,我沉默着把电话挂断了。

铃声又顽强地响起来,我守在电话旁边,守着那单调的铃声,心中是无边的痛。

早晨起来,我睁着一双空洞的眼睛,镜子里是一张苍白的脸,黑眼圈像眼影一样分布在眼睛的周围,我对着镜子中的自己冷冷地笑,我觉得此时的自己更像一个小丑,站在花树和江阳的中间,尽管这一切都不是我的错,存在也是一种错吧!

我坐在电脑前,终于下决心打了一张辞职信。

我把辞职信交给江阳时,他的表情和我预想的一样。他说,你这是何必呢?

我说不想从一场游戏中跳到另一场游戏中,与其那样,我第一次跳出来,也就没有什么意义了。

江阳说,为什么说得那么肯定?也许这一次和上一次不一样呢!

我说,都一样,注定了是痛,因为这中间有花树。

一说到花树,江阳马上闭上了嘴。

我在心里鄙视他,我看不起他,我摔门而去。江阳从后面追上来,说,艾米,不要说得那么肯定,我会让你爱上我。

我甩开他的手,不要叫我艾米,我的名字不是你叫的。

我看到江阳受伤的眼神,心中忽然有一种酸酸的感觉。从前和那个男人在一起的时候,一直是我追他,从来没有得到江阳这般的宠爱和追求。那个男人还告诉我说,疼是身体上的,只有痛才是精神上的,我对他是痛,而他对我只疼。

一个人去了那家叫"极品"的咖啡馆,从前我和花树常常来这里,我们都喜欢这里的咖啡,还有这里的气氛,适宜于情侣。

我穿着深绿的棉布宽脚裤、浅绿的布衫,显不出腰身和性别的那种,背上的驼色的双肩包使我显得不成熟,与这里的气氛大相径庭。我想不出江阳怎么会喜欢我,与性感成熟的花树相比,我简直就是一个不懂风情的丑小鸭。

从早晨一直到午夜,我已经不记得喝过多少杯咖啡,一趟趟地跑洗手间。其间邻桌一个40岁上下的男人,从黄昏一直到午夜不停地注意着我,大约是把我当成了无知少女,我在心里冷笑,除非我自己心甘情愿地上当,否则谁都甭想把我怎样。

我不想回家,一个人就那样干坐着。忽然我看到花树进来了,她跑到我跟前说,我就知道你在这里。

我漠然地问她,你怎么来了?

花树说,所有人都在找你,都找疯了,你是不是唯恐天下不乱?

我不屑地低着头,是吗?我不是好好的在这里吗?我又没有被人贩子拐卖了。

花树摇了摇头,你总是这样不成熟。

我笑,我受了刺激了,你不知道啊?

花树一脸茫然地看着我,仿佛不认识我了似的。从前我爱上那个男人的时候,每次约会,花树都把她最好的时装给我穿,那些衣服真的好贵。为了爱那个男人,我委屈自己穿淑女装,可是我的衣柜里从来都不备那样的衣服。

看着花树焦急的脸，我有些良心发现，轻声说，花树，你放心吧！我会好好的，会对自己好。

5

江阳肆无忌惮地进军我的情感空间，我坚持不住了，想投降。无论从哪一个方面来说，江阳都是一个不错的男人，人长得很帅，又有事业心，最重要的是他爱我。我只要接受就好了，不用再像从前爱得那么辛苦。可是江阳是花树的男友，我怎能抢男人抢到了花树的碗里呢？

可是我真的抵挡不住江阳的攻势，送花，一大束、一大束的白色百合，尽管我一枝不留地扔到窗外。

烛光晚餐，我不去，他就让花树出面请我，我推辞，花树就说，一顿饭而已。

如此种种，出差回来给我带一些刻有心情文字的银镯、草编的戒指、贝壳的项链，等等，只要我能想到的，他都能想到。

有一天，我和花树，还有江阳3个人去酒吧喝酒，花树心情不好，她最近设计的图纸老是出错，她喝醉了。我的心情也不好，我被江阳的所谓爱情弄得昏了头。我想，那时大约只有江阳是清醒的，他看着我和花树一杯一杯地灌下去，并不阻拦。

我喝了很多酒，头很疼，可是我始终都是清醒的。

花树醉着,江阳先把她送回家,然后又送我。我看着街灯在车窗外一闪而过,我知道那不是我回家的路,可是,我的身体绵软无力,我挣扎着爬起来,又无力地倒下。江阳一只手把着方向盘,腾出一只手抚住我的肩,他说,艾米,别这样。

我记不清江阳的家是住在几楼,他抱着我就往家里走,仿佛怀中是一个婴儿。我想哭,可是,只是心抽动了几下,并没有眼泪流下来。

江阳一边上楼,一边对我说,艾米,我们到家了。

他把我轻轻地放到床上,然后拿了一张CD放到机器里,舒缓的音乐像流水一样浸满了屋子。在音乐里,他温柔地解我的衣服。江阳的唇是冰冷得没有温度,他慢慢地一点一点贴过来,碰到我柔软的唇。他的舌头像一条小鱼,在我的嘴里游泳。我捉住他的舌头,狠狠地咬了一下,他疼得闭上了眼睛。

看着他皱眉的样子,我开心地笑了。

江阳有些愠怒地说,小妖精,我让你坏。

我说,只是想给你留个记号,省得去害别的女人。

江阳用胳膊搂住我,我贴在他的胸前,感受着他身体的温度。我的眼泪落下来,打湿了他的前胸。

6

我想,我是爱上江阳,我总是那么轻易地就爱上一个人,然后弄得自己满身是伤。新的工作正在找寻之中,我不用出门,一个人呆在家里,不洗脸,不梳头,不吃东西,在矛盾之中挣扎着吸烟。

我不想伤害花树,这么多年了,我只有她一个朋友,高兴的事儿跟她说,郁闷的事也跟她说,她的衣服是我的衣服,她的钱也是我的钱,我们相互爱得没有分寸,我们互相分担着彼此的快乐和忧伤。

我真的不想伤害花树。

很多天没有出门,方便面都吃完了。花树打电话来问我还好吗?我忍不住流下泪来,花树说,你真是一个爱哭的女孩。

我说以后也许会改吧!

花树便在电话的彼端咯咯地笑。

我终于想明白了,我不该爱上江阳,江阳是花树的幸福。我决定要离开这个城市,全身而退,退出花树的生活,南下,开始我真正的新生活。

早晨起来,收拾好东西,我给花树打电话,想跟她告别。电话打到花树的公司里,花树的同事告诉我,花树已经两天没有上班了,生病了。

我买了花树最爱吃的火龙果,去她家里看看她,尽管我有些

心虚，可是终究还是要面对的。上了楼，刚想敲门，忽然听到屋子里面有很大的争吵声，我的手就那样停在半空之中。

我听到花树尖叫，你为什么这样卑鄙？你为什么这样对她？她的心理年龄还是一个孩子。

我从来没有听过花树如此尖叫的声音。

屋子里传出一个男人的声音，是江阳。我想，就是在一大群人之中，我仍然能分辨出他的声音。

江阳说，花树，别怪我，这些年了，我只做到一个卖车的小破经理，我希望能有更好的发展、更好的前途，你明白吗？而这些，都需要艾来帮我完成。

花树说，她不是你向上的台阶。

江阳说，可是，只有她的父亲是副市长⋯⋯

原来，所谓的爱，不过是向上的台阶。刹那间，我听到心碎一地的声音，木然地站在那里，手中的火龙果撒了一地，有两枚顺着楼梯一阶一阶地滚下去⋯⋯

除了破碎，还有一丝温暖，在心中慢慢积聚和盘旋，是这个叫花树的女子带给我的。

烟熏妆女子的心事

1

李宝良在咖啡馆里一直挨到打烊，一杯一杯的咖啡最后转换成不断流淌的泪水，不知道什么时候，竟趴在桌子上睡着了，被服务生叫醒，他左摇右晃地离开了咖啡馆。

推开门，门外是刺骨的寒风，与咖啡馆里氤氲的氛围根本是两个世界。冷风一吹，他清醒过来，把搭在肩上的衣服重新穿好，然后去地下停车场拿车。

北方的冬天，大街上行人寥落，偶尔远处有个行色匆匆的人影，被惨白的路灯拉得很长，他竖起大衣的领子，还是忍不住打了个寒颤,就着惨淡灯光往地下停车场走去。

在拐角的地方,他意外撞到一个人身上,他睁大眼睛,看清楚对方是一个年轻的女子,二十几岁的样子,长发散乱开来,猛然一见,让人有些透不过气来的感觉。整张脸上,最生动的,要属她那双眼睛,幽幽地,散发着淡淡的忧伤,他只看了一眼,便觉得心中一震,仿佛被什么击中,"咯噔"一下。

那股无名之火烟消云散,温柔地问她:"深更半夜不回家,满大街跑什么?"

女孩也活泛过来,说:"我认识你呢!"她轻轻地浅笑:"你叫李宝良对吧?"

他的心揪了上来,天,偶然相遇,她竟然能叫得上自己的名字。有一种隐隐的恐惧轻轻地爬上李宝良的心头,说话的时候嘴便有些不听使唤,他说:"姑娘怎么知道我的名字?"

女孩嫣然一笑,李宝良的心便慌慌地跳起来,那种笑容温暖,明亮,熟悉,像已经去世三年多的妻子林珠,可是这个女人和妻子林珠根本是两路人,这个女人妖娆,妩媚,而妻子林珠温暖,快乐,怎么可以混为一谈?

女孩化了一个烟熏妆,五官看起来深邃迷离,灯影里愈发让人难以抗拒,嘴唇似刚刚被人亲吻过后的红润,她轻启花瓣般柔软的唇:"我想去城西,叫不到车,你可以载我一程吗?"说着,她把手伸过来,那只手,纤细修长白皙,椭圆形的指甲圆润饱满,涂着桃花落的蔻丹,李宝良刚刚触到她的指尖,身上便有一种像触电的感觉,那种感觉很奇妙,像一根细细的钢丝吊在心上,稍微一碰,身体便有了某种说不清的欲望。李宝良被自己的念头吓坏了,他闭了一会眼睛,收了杂念,正色对那女孩说:"你在这里等一会儿,我去拿车。"

等李宝良从地下停车场回来时,那个要搭车的女孩早已不见了踪影,李宝亮站在空空旷旷的街道上,使劲地揉了揉眼睛,又看了看远处闪烁的霓虹,觉得不像是梦,可是那个女孩已经真真切切地不在了。

2

周一去上班,李宝亮把一张拟好的广告丢给助手袁薇说:"去晚报登个广告,我要给我儿子找个保姆,小家伙一个人在家我实在不放心,找个保姆方便照顾他。"

袁薇是一个能干漂亮的职业女性,李宝亮创业的时候,她就跟着他,风风雨雨从没有退缩,不是不喜欢李宝亮,可是他从来没有给过她机会,后来李宝亮遇到林珠,她就更没戏了,不是没有想过离开,可是她实在是不甘心,这么好的男人,朝夕相对,怎么就截获不了他的心呢?所以她一直守株待兔,就在她快绝望的时候,想不到李宝亮的妻子林珠突然发生车祸去世了,难过归难过,那是理智上的事情,从情感上来讲,她还是特小人地欣喜了一下,觉得这个千载难逢的机会再也不能错过,连老天都在帮她,再得不到李宝亮的心,那么自己可能真的是很笨。

在公司里,她处处以老板娘自居,李宝亮也说过她几次,但袁薇毕竟是跟自己一起创业过来的,吃过很多苦,也不能太不讲情面。

袁薇拿着那张广告,问李宝亮:"给我个机会,让我好好表现一把,以后我去照顾你儿子小贝壳吧?"李宝亮摇了摇头,开玩笑说:"不行,大材小用了。找个保姆就好,手脚干净些,勤快些就行。"

广告一发出去,应征的人是意想不到的多,李宝亮千挑万选,最后竟然选了一个叫赵珍熙的女孩,26岁,没有结过婚。

见面那天,李宝良就傻了,这不是那天夜里要搭车的娇媚女子吗?阳光下看她,很正常的一个人,高挑,骨感,眼睛细长,有些像一位香港的明星。最主要的,是他的儿子小贝壳跟她投缘,一见面就喜欢上她了。

赵珍熙每天接送小贝壳去幼儿园,然后买菜做饭,把家里收拾得井井有条,李宝亮和小贝壳的衣服洗烫好了,放在固定的地方,每次想穿的时候,就可以拿到散发着柠檬芳香的衣服,和妻子林珠的习惯很像。

晚上李宝亮下班一回家,她把小贝壳交到他的手上,然后就赶着去打另外一份工。李宝亮为此专门找她谈过一次:"你很需要钱吗？"赵珍熙点了点头，李宝亮说："你把那份工辞了吧！专心带小贝壳，我可以给你双份的工资。"赵珍熙又一次摇了摇头，说，"我需要钱，很多钱，但我自己可以挣到。"这是个固执的女子，有一双明亮细长的眼睛，每次李宝亮看到这双眼睛都会莫名地心跳，还有那个固执的个性，怎么那么像一个人呢？赵珍熙的外形一点都不像林珠，林珠小巧，说话的语速很慢，温柔得体，而她很前卫，说话不会转弯。

赵珍熙总是避免与李宝良在卧室里单独相处，每次猝不及防的狭路相逢，赵珍熙总是脸红心跳气短，那种时刻，他总会想起和妻子林珠在床上的情事，这个小女人让他有了某种遐想。

有一天晚上，李宝良应酬客户，很晚才回来，又喝大了，看到赵珍熙抱着儿子小贝壳，在沙发里睡着了，他的心中一阵温热，以前只有妻子林珠才会这样在灯下等候晚归的自己，想叫醒他们，无奈手脚不听使唤，连自己怎么爬到床上的都不知道。

睡梦中，竟然听到妻子林珠在说话："你这个木头，不懂女孩子的心。"他挣扎着辩解："还有谁比我更了解你？"忽然又觉得好似有一只手在轻轻地抚摸自己的脸，有泪冰凉地滴到他的脸上，他忽然想起妻子林珠已经去世三年多了，可是那种抚摸的感觉，那么真切，轻缓，温柔，让人有睡在棉花上一样的柔软。李宝良猛然抓住那只抚摸他的手，一下子睁开眼睛，天，竟然是赵珍熙，她睁着一双细长的眼睛，盯着他，他吓了一跳，下意识地攥住那只手:"你要干什么?"

赵珍熙也吓了一跳,她轻微地"啊"了一声,脸上顷刻飞上了红晕,她急忙说:"我没有恶意的,有些事情,我自己也抗拒不了,我只是想靠近你,看看你,只有看到你,我的心才会安宁。"

3

转眼过了半年,有一天,李宝亮过生日,袁薇老早就来了,以女主人的身份指挥赵珍熙买这个做那个。赵珍熙做了一道玉脂豆腐拌皮蛋,袁薇说:"李总不能吃皮蛋,他一吃皮蛋老胀气。"赵珍熙说:"可是宝亮最近改变了很多,他很爱吃这道菜。"

这句话一下子打翻了袁薇的醋坛子,她伶牙俐齿地对赵珍熙说:"哟,才来了几天,就宝亮、宝亮地叫上了?也不看看自己什么身份,一个保姆而已。我跟了李总十多年了,在外面什么风雨没见过?也不过叫一句李总罢了,是不是宝亮啊?"

李宝亮把眉头皱得都扭到一块了,近乎哀求地说:"都闭嘴吧!行不行啊大小姐们!"

两个人不再言语,在饭桌上埋头吃饭,可是那气氛,仿佛陈年的织锦,轻微一用力就会裂成碎条。

吃完饭,袁薇在卫生间里尖叫了一声:"天,我的宝石戒指不见了,你们谁看到了?那可是我新加坡的舅父送给我的,值很多钱呢。"她揪住赵珍熙衣服,忘掉了优雅,急吼吼地问:"是不是你拿的？"

赵珍熙笑笑说："我才不稀罕那破玩意呢！"

袁薇跑到李宝亮面前撒娇装痴，赵珍熙看得很气愤，像有一只小猫用利爪抓自己的心尖，恨不能一巴掌打过去，生硬地拉着小贝壳一起去了另外一个房间玩拼图去了。

不大一会儿，李宝亮过来敲门，说："赵珍熙，如果你拿了她戒指就还给她吧！别把玩笑开大，不然她会报警的。"

赵珍熙"嚯"地一下站起来，不认识似的看着李宝亮，目光又像初次见面的那个夜里那般冷，看得他"砰砰"心跳，赵珍熙一字一顿地说："亏得我这么全心全意地对你，到头来，竟然连你也不相信我，没拿就是没拿，事关名节，我怎么能随便承认呢？你们报警好了。"说着，赵珍熙拿起手袋就走。

袁薇在厅里截住了她的去路，她斜睨着眼睛看赵珍熙，不屑地说："想这么轻易地脱身，没那么容易，你敢把衣服脱下来让我检查，证明你的清白吗？"

赵珍熙咬着嘴唇犹豫了一下，狠狠地吐出几个字："袁薇，算你狠，如果没有，从此你别再打搅我们清静的生活。"

李宝良猛然推开门，冲进屋子，他是想追赵珍熙的，可是映入眼帘的却是赵珍熙像剥葱一样，一层一层剥着自己的衣服，先是毛衣长裙，然后是贴身的内衣，最后是有蕾丝花边的黑色文胸，赵珍熙修长白皙的身体就那样猝不及防地映入他的眼帘，花蕾一般

小巧的乳,纤腰盈盈一握,只是胸口那道早已愈合的伤口还是刺伤了他的眼睛,那道伤口的疤痕,就像一件精美的艺术品上的一道裂纹,触目惊心。李宝良低喝了一声:"不!"可是为时已晚,他回身去浴室拿了一条大大的浴巾,一下子把赵珍熙裹住,当着袁薇,把她瑟瑟发抖的身体紧紧地拥在怀里,赵珍熙忍了许久的泪,终于决堤而出。

还有什么比这更让人羞愤的?李宝良对袁薇说:"你太过分了,从今天开始,咱们井水不犯河水。"

袁薇哼了一声,摔门而去。赵珍熙挣脱了他的怀抱也走了,头都没回。

4

赵珍熙第二天没来,第三天没来,以后再也没来。这个人像影子似的从李宝良的生活里消失了。

小贝壳想念赵珍熙,不吃不喝,不肯去幼儿园,李宝亮拿小贝壳没办法,说实话,他自己也有些想念赵珍熙,吃惯了她做的饭,穿惯了她洗的衣,家里突然没有了她,显得空空荡荡的。

一个星期以后,小贝壳在卫生间里玩水,打翻了垃圾桶,意外找到了袁薇的宝石戒指。小贝壳举着戒指去找李宝亮,嘴里嚷嚷:"珍姨不是小偷,戒指掉进垃圾桶里了。"

李宝亮松了一口气,抱住小贝壳说:"我们一起去接珍姨回来吧!"

去接赵珍熙那天,李宝良意外发现,这个给自己做保姆的女人,竟然在繁华的商业区的一间写字楼里做副总,他去的时候,她正板着脸训人。

见到李宝良,她一下子沉默下来,半天才幽幽地说:"你怀疑我,我不怪你,要怪只能怪我胸腔里的这颗心,这颗心总是违背我自己的意愿做事,我自己拿她也没办法。"

赵珍熙的话让李宝亮生了疑,妻子生前曾有一个愿望,要把自己的心捐给需要的人,让自己的生命以另外一种方式得以存活。李宝亮去医院查了妻子的心脏的去向,院方要给患者保密,所以李宝亮费尽周折终于得到了一个结果,妻子林珠的心的确捐给了一个叫赵珍熙的女子。

李宝亮喜极而泣,妻子去世了,她的心竟然费尽周折找到自己,而自己竟然怀疑她偷了别人的东西,怪不得他看到赵珍熙的眼睛就会心跳不已,怪不得赵珍熙会和小贝壳的关系那么好,原来这一切都是冥冥之中自有天意。

赌注

1

程飞虹在珠江国际大厦的写字间看到秦声时,忽然就笑了,世上真的有这么好看的男人,长长的眼睫毛,唇红齿白,手指修长干净,没有长指甲,特别是那双眼睛,清澈,明亮,有一份孩童般的纯真和通透,那一刹那,她怀疑自己曾经在哪里见过他。

尽管他穿着很正式的衣服,但并不显得呆板,相反倒有一份利落和洒脱。程飞虹对他有了一份独特的好感,甚至有了错觉,但这并不影响程飞虹成为他的对手,以敌对的姿态呈现的对手。

本来签这份合约不一定非要程飞虹亲自出马，业务部的主管沈熠完全可以搞得定的。秦声也不过是给人家打工的业务主管，沈熠和他身份地位旗鼓相当。可是秦声这家伙谈判的时候常常英语汉语一起往外溜达，而沈熠却是个地地道道的土八路，口语严重不过关，第一次在谈判桌上领教过了，第二次便死活不肯去，言之凿凿，理由充足地说，都在一个城市里转悠，低头不见抬头见的，传出去太跌份了。威逼加利诱，全都派不上用场，沈熠一个劲地往后退，最后只得程飞虹这个私营企业的老板亲自出面。

谈判桌上，自然是唇枪舌剑，寸土必争，互不相让，一场看不见硝烟的战争拉开了序幕，程飞虹也尽自己最大的努力为自己的公司尽可能地争取到最大的利益。看得出来，秦声是经常代表公司参加这类活动的，举止优雅，话锋凌锐，处变不惊，遮住了他身上一种淡淡的忧伤的气息，一直把程飞虹逼到角落里，他的脸上才露出了一丝笑容。

当然，程飞虹也不会被他的声势吓倒，沉着应对，秦先生，贵公司如果这样坚持下去，就没有合作的诚意。你们公司也许有你们的难处，可是我们也不可能无原则地让步，何况我们的鲜花出口业务也不是只有你们一家感兴趣。

秦声说，可是你们的价格实在有点高，比别家公司高出将近三分之一，我对自己和对公司都没法做出交代。

程飞虹几乎笑出来，好一个秦声，竟在这儿跟她打起了埋伏，

如果不是一直想要把这份合约签下来,程飞虹也许会考虑和别家合作的,生意讲究的是双赢,哪有他这种一厢情愿的做法。

程飞虹并不退让,依旧按照自己的思路说下去,我们的鲜花质量,别家是没法比的,这是我们彼此心知肚明,不然你也不会专程到我们公司订货,是不是。照我看,咱们还是各自退后一步,否则没有再谈下去的必要。

秦声沉吟了一会说,好吧!可以考虑。

合同谈下来了,程飞虹松了一口气,彼此握手告别。走到门口,秦声犹豫了一下,回身说,我还有一个冒昧的不情之请,不知程老板肯不肯赏光,吃个便饭呢?

程飞虹忙道歉,不好意思地笑笑说,还是改日吧,今天刚好有事儿。心里却想,看来这也是个不能免俗的人,这么老土的借口也说得出来。他也不勉强,站在门口,跟程飞虹挥手道别,看着她从容地上了"宝马",一溜烟就没影了。

回到办公室,沈熠这个家伙从他办公室里溜出来问程飞虹,怎么搞定那个假洋鬼子的?

程飞虹笑,别那么损,人家看起来挺斯文的,又挺能干的,你说把他挖到咱们公司如何?

沈熠的脸忽然红了,这可是不常见的稀罕事,他没头没尾地说,那是、那是。也不知道是什么。

2

自从和秦声签了合约之后,这个家伙借着业务关系,有事没事地总往公司里跑,和沈熠他们打成一片。程飞虹开玩笑说,不如你把桌子搬到这里办公算了。秦声一本正经地回应她,我正有此想法,还怕你不同意呢。

秦声他们公司的办公楼是这座城市里的最高建筑,有俯视一切的意味,气派、辉煌,他却偏偏赖在程飞虹这个小小的花卉公司里,赖在程飞虹办公桌的对面。程飞虹明白他的醉翁之意,那批花卉的价格根本不可能再往下降了,所以程飞虹并不理他,依旧埋头做着手里的事儿。她没时间跟他纠缠,她给自己打工,哪像他,吃的是公家的饭,怎么做都饿不死。

到了下班时间,她拿起手袋就走,秦声在后面喊她,程、程。程飞虹装着没听到。她不想和他纠扯不清的,特别是她这样被婚姻打上烙印的女人,清醒,理智。尽管也是血肉之躯,尽管也是对感情没有免疫力的良家女子,但是仍然明白商场如战场,感情归感情,生意归生意。

是谁说过?太清醒的女人没有幸福可言。

确定秦声并没有跟在身后,她的脚步渐渐慢了来,心中竟然有一种淡淡的怅惘,这个春天来得特别早,风软软地吹来,街边的槐花,香落一城。她拐进街边的一家小首饰店里,有卖那种泰国银饰,程飞虹要了一条链子握在手里细细地看了半天,暗淡的哑光,旧旧的,非常古朴的感觉。一颗小星星和一朵小指甲花相隔的花样,才200元钱,又不是很贵,配那件新买的灰绿小衫一定很漂亮,她和小店老板一边讨价还价,一边接电话。

一转身看到秦声静静地站在自己身后,程飞虹吓了一跳,抚住胸口,恨恨地说道,这样悄无声息地,想吓死谁啊?扔下链子,转身离去。

过了一会儿,秦声从后面追上来,淡淡地说,这条链子我买下来了,想送给你。他站在那里,手里擎着链子,程飞虹不肯要,秦声像第一次送女友礼物的中学生一样,尴尬地立在那儿,不知所措,手里摆弄着那条银链,与程飞虹对峙。程飞虹有些不忍,说,糖衣炮弹啊?别说一条链子,就算你把这座城给了我,我的花也不会便宜卖给你。

一句话,轻易地化解了秦声的尴尬,他笑起来,就是吗,一条链子而已,至于吓成那样?

程飞虹也活泛起来,我到家了,你不会是想跟我一起上楼去吧?人家是醋瓶醋罐,我老公可是醋缸,我把不明身份的男人领回家,他会宰了你的。

秦声说,我才懒得去你家呢,我只要看着你上楼。

程飞虹不置可否。

回到家里,老公何远正挽着袖子,系着围裙,在厨房里煎鱼,油烟弄了一屋子,呛得她倒退了两步。程飞虹不喜欢他在家里这样煎炒烹炸,既不环保也不卫生,说过他多少次,自己都记不清了,答应得好好的,可是过后一切照旧,她也懒得再说,由他去。

结婚三年,当初的激情慢慢地褪尽之后,渐渐地,心中生出厌倦,就算是做爱也不能让她激动。彼此已经那样熟悉,是谁说过,熟悉的地方没有风景,果然不假,每一道程序,闭上眼睛也会知道,什么时候低谷,什么时候高潮,仿佛每一次的肌肤相亲都是流水线上下来的半成品,只要稍微加工,就会成为一个完整的成品。

3

星期天,难得清闲,懒在床上不肯起来。似睡非睡之中,电话响了起来,何远推程飞虹起来接电话。

程飞虹穿着蕾丝内衣,从床上爬起来,赤着脚,到客厅里接电话,却是秦声。秦声在电话里焦急地嚷起来,出大事了,这一批鲜花的花瓣上有霉斑,还有4个小时就要装船了,你说怎么办?

程飞虹吓了一跳,忙说,快找沈熠。

秦声说,我到处都找遍了,可是就是没有这个混蛋的踪影。你快点来,帮帮我。秦声竟然说粗话,这是从来没有过的。

放下电话,她胡乱地穿了一件米色的开衫,黑色的长裙和长靴,扔下何远,匆忙而去。

出了门还听到何远在喊,你还没吃早饭呢!声音从门缝里透出来,仿佛很遥远。

赶到花房,秦声手里正蹂躏着一朵白色的百合花,一会儿送到鼻子下闻一闻,一会儿用牙齿咬噬百合的花瓣,神情忧郁地倚车而立,三十多岁的男人忧郁的神情很动人。

程飞虹说,这样吧,到别的花卉公司调一批货,保证你按时装船出港。

真的可以这样吗?秦声有些不相信的样子。

当然可以。不过要劳驾你开车送我去别的公司跑跑。

秦声打了个响指,说好,不过你们公司这回损失大了。声音里有几分担心,也有几分幸灾乐祸。

程飞虹笑起来,秦声有时候看起来不大像一个业务主管,他的身上始终缭绕着一种纯真的气息。程飞虹跟他解释,这些花可以送到附近的花卉市场和花店就地销售,纯利不会低于出口。

秦声驾车时很认真,在西安路上等红灯的时候,程飞虹意外地看到了何远,他的臂弯里吊着一个年轻的女人,很亲近的样子。程飞虹呆住了。这样的状况即便是傻子也会知道,何远有了外遇。程飞虹有些悲愤地想,这个男人吃我的,住我的,我像男人一样在外面打拼,他却学别人的样子在外面养情人,等我断了他的经济来源,看他还玩什么。这样一想,硬生生地吞下了这口气。

秦声把车泊在路边,顺着程飞虹的目光,看到一个年轻的男人和一个妖娆的女人,一切都不用解释,就那样清晰地印证在秦声的眼睛里,程飞虹有一种被剥光了衣服的感觉。

4

那天,沈熠从云南回来,非要拉程飞虹去这个城市里最高的旋转餐厅共进晚餐,本不想去,可是沈熠说,好多天不在公司,想跟程飞虹谈谈工作上的事。程飞虹知道沈熠这个家伙,尽管一直对自己有非分的之想,但也只是停留在想想的基础上,并不敢真的行动,不然也不会相安无事到今天。

所以尽管坦然地跟着他去奢侈,优美的背景音乐,配上局部的窃窃私语,而程飞虹和沈熠却是拉得很开的距离,坐在桌子的两头,不像是吃饭,倒像是谈判,脸皮忍不住浮上淡淡的笑意,也只有沈熠这个家伙能够忍受她的坏脾气,忍受她的为所欲为,谁叫他是自己的手下?当然,这份服从也包含了一份关爱的成分在里面,心里头明白,但却不会把感激的话挂在嘴边。

刚刚坐下没一会儿,从旁边的桌子旁走过来一个人,是秦声。他和沈熠彼此打过招呼,沈熠便被打进来的电话叫走了,阴差阳错地剩下程飞虹和秦声相对而坐,程飞虹心里清晰地知道,这不是偶遇,却不点破,彼此对峙了一会儿,她把头转向窗外,俯视城中一片灯火辉煌的繁华,不知道哪一盏灯的后面是她和何远的家,心中被疼痛一点一点灼伤,瞬间一片茫然,那个女人真的比我好吗?她黯淡地想。

秦声不知什么时候抓住她的手,他知道她的疼处在哪里,低

低地问,想什么?

程飞虹笑了,像浮在暗夜里的一种暧昧,在空气中流动,程飞虹说,我在想,像你们这种有点姿色的男人究竟和几个女人同时做着情感的游戏?

秦声的笑容瞬间僵在脸上。

可是,程飞虹分明知道自己是不想挑破的,既然不想和他做这种弱智的游戏,又何必说破呢?

旁边的桌子边上,坐着一对小情侣,执手相看,眉目传情,灯光幽暗的夜晚,适合做点什么,可是他们却是一副公事公办的样子,正襟危坐。

过了良久,秦声打破沉寂,我送你回家吧!程飞虹想说不,可是却什么也没有说出来,跟在他的身后亦步亦趋,他突然停下脚步,回头看程飞虹,疼惜在他的眼睛里一点一点升起,程飞虹并不理他的岔,自顾自地走着。

到了楼下,秦声下了车,绕过来,停在程飞虹的身边,慢慢地低下头拥住她,路灯暗淡的光影处,程飞虹顺着墙滑下去,却被他一把抱起来,纠缠着却始终没有吻到一起。

5

回到家里,没有开灯,径直走到客厅的沙发边上,忽然看见何远坐在沙发上吸烟,烟头忽明忽暗。程飞虹怀疑他看到了刚才自己和秦声纠缠在一起的画面，心虚地问他，这么晚了，怎么还不睡？何远摇了摇头，不知代表什么意思，只是他不问她，自己又何必多事呢？只要不点破，大约还可以在一起混下去。

好多个夜晚，程飞虹看着窗前的白纱窗帘上的一枝百合，亭亭玉立的茎，风中摇摆的花朵。看得久了，那一朵百合渐渐地幻化成一个人的脸，程飞虹认出那是秦声棱角分明的脸。程飞虹吓了一跳，告诫自己，他只是自己人生中的一个过客，注定不会相交的两条直线。

程飞虹和何远冷战了很长一段时间，这个虚伪的男人，他那么轻易地触到了她的痛处。程飞虹没有让何远对那天街上的一幕做出解释。与其说是一个人默默地承受岁月的划痕，还不如说是心中有点暗暗盼望着何远做出对不起自己的事情。

刚开始何远并不知道程飞虹为什么会无缘无故地生气，也曾试图与她和解，可是几次碰了钉子之后，便索性不再理她。

程飞虹拒绝与何远做爱，日子久了，何远有些心灰，把被子抱到客厅里，在沙发上睡，觉得不舒服，就把被子摊到地上睡。他希望程飞虹喊他回卧室去睡，可是她偏不给他这个机会。

有一天夜里，程飞虹起床去洗手间，被何远的长腿绊了一跤，爬起来之后朝着何远的腿踢了两下，被何远顺势拉到他的被窝里睡下。

到了早晨起床，还以为自己夜里梦游，换了睡的地方，可是，

哪里不能去？偏偏就去了何远的被窝，脸上不由得艳红一片。看来在家里和老公划清界限还真不容易。

有好几次，程飞虹在家门口的巷子里，偶然碰到秦声，每次何远都会在秦声的注视下，坦然地挽起程飞虹的胳膊，程飞虹心中有些鄙视这个虚伪的男人，但却任由他挽着手臂。秦声的目光便低下去，一直低到尘埃里，仿佛尘埃里开出了一朵五彩的花儿。

6

日子突然间让程飞虹感到厌烦，程飞虹希望时间能够停留，如果有可能，一直停留在过去，过去，程飞虹和何远曾经是相爱的，可是，时间扼死了这一切，程飞虹和他有了再也挨不到一起的距离，即便身体挨得很近，灵魂却在很远的地方看着彼此。

程飞虹收拾东西准备去西藏，那是她一直向往的地方。沈熠说，如果你真的走了，再不管公司了，那么我也走。程飞虹停下来看着他，笑意一点一点在眼睛中堆起来，程飞虹说，沈，你如果真的这样做了，才是一个真正的男人，我敬佩你。

沈熠呆怔地看着程飞虹，目光渐渐地虚弱下来，大约分不出程飞虹话里的真假，看见她不像是开玩笑的样子，他垂下头，像一个做错了事的孩子，长长地叹了口气，口气软了下来，说，我想你是疯了吧！这样的季节，没有人会进藏的，西藏有零下二十多度，只怕进去了会出不来。

原来他担心的是这个,程飞虹忽然觉得他不再像平常那么令人讨厌。

她淡淡地说,我只是出差而已。天知道,去西藏那样的鬼地方出差,能办什么业务。

何远送程飞虹去机场,一路上彼此都没有说话,快到机场的时候,程飞虹说,你别下车了,如果可能,我还能活着回来,我们要一个Baby吧!何远点头。程飞虹看不出他是欣喜还是沮丧,他的喜怒哀乐早已没有踪影了,这年头,谁还会把真情实感挂在脸上?

上了飞机,找到座位,看着舷窗外的白云、蓝天,一切美得不可思议,程飞虹正在远离熟悉的城市,远离熟悉的人群,去一个陌生的地方。

她的座位旁边是一位男士,刚一上飞机便进入了梦乡,脸上盖着一本杂志,安静地躺着,让人怀疑他的旅行,仿佛只是为了一场美梦。

空姐送来咖啡,刚喝了一口,一转身不小心全部泼到了那位睡觉男士笔挺的西装上。程飞虹忙掏出纸巾替他擦拭,一边说对不起。

男人取下脸上的杂志说没关系,程飞虹一抬头,嘴立刻张成了O型,天啊,是秦声。他正笑意盈盈地看程飞虹,说吧,怎么赔我?

程飞虹笑起来，嘴里恨恨地骂着沈熠这个内奸。

7

在拉萨下了飞机，程飞虹和秦声直接去了纳木错，找了一家酒店住下，然后一起去吃东西，一路上，秦声一直握住程飞虹的手，程飞虹问他为什么跟了来，他狡黠地眨了眨眼睛说，是偶然遇到的。程飞虹忍不住笑了起来，鬼才信呢！

和他一起去一家餐馆吃饭，简单的乡村风格，质朴，安静。找了一个角落坐下来，听着萨克斯演奏的优美的乡村音乐。

那天晚上，秦声喝了很多酒，大醉，软得像一摊稀泥。程飞虹把他送回到住处。

秦声拉住她的手，不让她走。程飞虹忽然有些心软，这个人一路跟着自己到了这样一个连呼吸都困难的地方，只是因为爱，除了爱，还有别的理由吗？一提到爱这个字眼，智商再高的女人也会短路，更何况像程飞虹这样一个性情女人。

所以，当秦声把她揽进怀里的时候，她只是稍微地抗拒了一下，便向自己妥协了，倒戈到秦声一边，在高原的夜色里，秦声嘴里的酒气一直哈到程飞虹的脸上，痒痒的。他吻她，爱她，剥掉她的衣衫，她眼睛里的泪，小溪一样流出来，打湿了他健壮的胸，她说不清楚自己的眼泪怎么会有那么多，而且流得肆无忌惮，就在那样藤缠树，树缠腾你侬我侬，情意绵绵之际，他得意地在她的耳边梦呓一般轻轻地细语:沈熠这个不知死活的家伙跟我打赌,他说如果我能赢得你的芳心,他就白送我一只劳力士手表;如果我不能征服你,我也得白送他一块劳力士手表。沈熠说你是这个城市里最骄傲的女人,没有男人能轻易地征服你。

听了秦声的话,程飞虹呆怔在他的身上,尔后翻身下来,找到衣服,却哆嗦着穿不上,索性扔掉衣服,挥手给了他一巴掌,秦声犹未醒酒,满嘴酒话,亲爱的,你干吗打我?程飞虹一看,更来气了,站起身,去洗手间端来一盆冷水,浇在秦声的头上。

那盆水,无疑是一剂醒酒汤,秦声立刻酒醒,他看着程飞虹近乎疯狂的举动,一把死死地抱住她,说,除了那个赌,我爱你,是真的。

有一刻,屋子里很静,落一根针都能听到声响,两个人默默地对峙着,然后,程飞虹突然变得歇斯底里,她几乎是喊出来的,你还有多少真的东西?我在这里,你统统拿出来给我看!

秦声呆呆地看着眼前的女人,狠狠地抓了一下头发,想说什么,嘴唇动了一下,像是被什么东西卡住了,终于没有说出来,看着她发怔。

程飞虹看着这个欲言又止的男人,并没有期望他能最后给她一个答案,她的心正在一点点变冷,变硬。推门而出,把一场暧昧的游戏抛在身后,埋葬在纳木错高原冰冷的夜色里。

暗 伤

颜妍不想这样的,可是后来,事情的发展以及走向,都不是她所能控制的。她像一个贪玩的孩子,一步一步地陷入,终于使自己迷失,可是那样美丽的风景,终不是她的归属,她只是一个偶然的过客,清晰的明了,但却终究不能管住自己的脚步。

安就是那片风景,一次偶然的邂逅,安不可遏制地爱上了颜妍,每次看到她,就在她的耳边低语,妍妍,许我一个未来,好吗?她闭上眼睛,大口地呼吸,像一条离水的鱼,这是诗人当年对林徽因说过的话,她不是不知道,就凭她,一个平凡的女子,怎么会有林徽因那样的定力?不能拒绝，但却也不能接受，她对自己一遍一遍地说，这是最后一次、最后一次和他约会，从此后互不相干。可是这句话不知对自己说了多少次，像一个吸毒上瘾的人，明知百害而无一利，却不能拒绝自己。

电话响起来的时候，坐在沙发上削苹果的颜妍，哆嗦了一下，仿佛吓了一跳，手中的苹果悄无声息地落到地毯上，一只手无力地垂下来，顺着指尖滴下来的液体，一滴一滴，温热得像红色的眼泪，悲哀地落在地毯上，乳白色的地毯立刻洇出触目惊心的花朵。

坐在她对面的罗耳看了她一眼，一步抢过来，握紧她的手，然后带她去卧室的抽屉里拿创可贴，颜妍亦步亦趋地跟着他，仿佛他是一根救命的稻草。罗耳嗔怪地皱起了眉头，满眼的不忍和心疼，怎么那么不小心呢？她听了，心便纠结成一堆，对他的歉意愈发深了，眼泪在胸腔里回流，抑制不住，终于落下来。罗耳伸出一只手，轻轻地擦掉她脸上的一颗泪，感叹道，怎么越来越善感了？不过是破了一点皮，哭成这样，像个孩子似的。颜妍愈发控制不住，肩膀一耸一耸地，眼泪汹涌起来，紧紧抱住他的手臂，这只手，擦过她的泪，抚过她的肌肤，烧过她爱吃的菜，可是自己都做了什么？夫妻情分，竟然抵不过一次偶遇？她不甘，可又能如何？

电话再次顽强地响起来，颜妍低头避开罗耳的视线，尽量不和他的目光纠缠。她伸手拿起电话，声音尽量平缓、漠然。她嗯嗯啊啊地模糊处理，挂断电话，转头对他说，打错了。罗不置可否地拿着遥控器转台，并不深究。

她看着罗耳的侧影,呆呆地出神,这么好的男人,这么新鲜的爱情,自己却偏偏跑到院子外面去摘一只有毒的苹果,她并不想失去他,可是却又禁不住毒苹果的诱惑,心中渐渐地有了犯罪感,风生水起。

结婚三年,他对她的好,几近纵容,她不想要 Baby,他便不提。周末一起去郊区钓鱼,打球,有时候还会在她的耳边低语,很多朋友看见了艳羡地说,你们俩真是一对璧人。颜妍灿若春光的笑,会顷刻凝在脸上。

有一天,颜妍洗完澡,从浴室出来,手里拿着厚厚的浴巾,擦拭着滴水的长发,忽然看见罗耳站在厅里的落地窗前,没有开灯,一支烟叼在嘴里,明明灭灭的烟火,在唇边一闪一闪地,像星星点点的亮光,映得他的脸有些暗淡,她的心忽然动了一下,想起一句话,香消在风雨后,无人来嗅。花瓣离开花朵,暗香残留。心不可遏制地疼起来。她走到罗耳的身边,窗外什么都没有,黑乎乎的一片。她忽然看见黑乎乎一片的银杏树下,站着一个人影,烟火竟然也是一明一灭的。那是安,两个男人在黑暗中静静地对峙着。她的心狂跳起来,瞬间竟觉得窒息。

她从后面抱住罗耳的腰,低低的声音像是自语。亲爱的,黑乎乎的有什么好看的呢?罗耳回手扳住她的肩,在黑暗中看住她,有一分钟那么长久,可是颜妍觉得竟然那么漫长。罗耳渐渐地松开了她,有些厌倦地说,公司里出了一点点事情,不过我会处理好的,放心吧!

罗耳待她依旧如往昔，从来没有提过那天晚上的事，颜妍每天悬着的心渐渐归位，暗中猜想，或许是自己猜错了也不一定。罗耳去香港出差回来，送她一万多元的浪琴表，她爱不释手地日日戴着，连洗澡也不肯摘下来，仿佛只有这样才能和他离得很近。

安给她打电话，她不再接听，也不再出去，尽管需要很多勇气，尽管拒绝别人和拒绝自己的滋味同样不好受，可是她不想打碎现在的生活，所以只能让自己受伤和心疼，像一只丑陋的蛹幻化成美丽的蝶，注定要脱胎换骨，完成一个重塑的过程。

颜妍下班后不再留恋在办公室里，回家的路上顺便去超市，顺便买两样净菜，然后亲自下厨，做两样看起来并不怎么诱人的小菜，罗耳的脸上便流露出惊喜的神情，夸张地在她面前吃得津津有味，颜妍受到鼓励，每天下班后必会亲自去超市，精心挑选搭配，渐渐地，竟然也能烧出几样色香味俱佳的菜式。

罗耳生日那天，她去燕莎给他挑选礼物，转到快天黑了，才买了一套真丝的睡衣。最后，她打算到燕莎下面的西餐厅里喝一杯咖啡。

颜妍从包里拿出手机，想给罗耳打电话，可是却意外看到了罗耳，罗耳坐在西餐厅时，是一道耀眼的风景，颜妍惊喜地奔过去。

走了几步，才发现罗耳的对面坐着一个女孩，优雅的姿势，黑色的长裤配黑色的高领毛衣，颈间一条鹅黄的丝巾使黑色活跃起来，温润如水的目光，波澜不惊地与罗耳对视。颜妍忽然知道了什么是惊艳，那女孩冷艳的气质，如开在旷野上最艳丽的花，与罗耳的对

视,完全是如入无人之境的状态。颜妍浑身酸软无力,像一根绵软的藤,慢慢地蹲到地上,时光如流水一般纷纷退去,眼前只剩下罗耳,让她心疼的罗耳。

那女孩,颜妍也是认识的,她是她和罗耳大学同学的妹妹,那年罗耳的生日,同学曾带他的妹妹一起去她的家里,坐在同学和朋友之中,低垂着头,不说话,冷冷的样子,所以颜妍一直记忆深刻。

回到家里,颜妍喝了一杯冰水,穿肠而过的冷,让她打了个寒颤,可是她却仍然觉得心里发热,然后一杯又一杯,不能停止,坐在檀香木的地板上,抱住膝,长发散落下来。

她渐渐平静下来,依然和往年一样,做了几样罗耳爱吃的菜,还跑到小区拐角的蛋糕店,买了蛋糕,依次摆在餐桌上,然后慢慢地等着罗耳回来,等的时候,和罗耳在一起的很多往事,纷至沓来,渐次展现在她的面前。那年她肚子疼,他背她去医院,一路跑着下楼,额上渗出了汗水,她在他的背上,轻轻地替他拭掉汗滴,真想一辈子肚子疼;他的脚扭伤了,她搀扶他在街边的梧桐树下散步,落叶纷纷扬扬,鞋子踩上去,绵软的感觉。

那些画面反反复复地在她的脑海里重播,是诱惑太多,还是不曾珍惜?不经意间,爱情倦怠了,爱情睡着了,曾经的诺言有了深深浅浅的划痕。

罗耳回来时,面颊浅浅的沱红,他看了一眼桌子上丰盛的菜肴,过去抓住颜妍的手说,宝贝,对不起,公司里有点事儿。她看着他,违心地说,没关系,回来就好,回来就好!颜妍别过脸去,不敢看他的脸,怕眼中的泪不小心会掉下来,怕心中的疼痛会写在脸上。

他只是象征地每样菜尝了一口,然后深情地看着她,就像刚才在西餐厅里看那个女孩。颜妍忽然笑了,他怎么还能吃得下?西餐厅里的红酒、沙拉,还有情调,已经够饱了,何苦还要难为他?她绝口不提刚才在西餐厅里看到的一幕,就像罗耳绝口不提那晚在落地窗前看到的风景,她默默地收拾桌子上未曾狼藉的杯盘,把杯子放进消毒柜里。

夜里,罗耳在她身边发出均匀平缓的呼吸,她的内心却掀起惊涛骇浪,想起从前某一个夜晚,罗耳曾为他唱的那首《流星雨》:"牵你的手,跟着我走,风再大又怎样,你有了我,再也不会迷失方向。"颜妍笑得撑不住,用手背抹着泪,伏在罗耳的耳边说,老大爷,F4的歌你也会唱?言犹在耳,至今,她的泪落在谁的肩膀?她看不清幸福的方向。

半年。半年有多少天?一百八十二天半,颜妍从来不曾提起那个女孩的事,但却从来没有忘记过。最后,她还是没有忍住,佯装漫不经心的样子问他,从前谁谁谁的妹妹,来咱家,那个不爱笑的女孩子,还记得吗?那天在街上看到她,和她的男朋友在一起。罗耳愣了一下,半天才想起的样子说,那个女孩啊,不可能,你一定是看错了,她去丽江旅行,爱上了一个丽江当地的土著,再不会回来了。

她听了,长长地舒了一口气,展开皱了很久的眉头,站在窗边给吊兰浇水,罗耳从身后拥住她,贴着她的耳朵轻轻地说,宝贝,我想要一个孩子,你准备好了吗?

颜妍点了点头,泪瞬间夺眶而出。

那个叫颜妍的女子是我,我们在一起过着平淡的生活,相安无事,离幸福很近。生活中我们会遇到很多的十字路口,会左右着我们的选择,向左或者向右,都会改变命运的走向,结果有时候会有天壤之别。

不捅破那屋窗户纸,我得到了我的男人,保留住了一份完整的婚姻,但那是不是我想要的那种幸福呢?

城里城外

1

3年前的夏天,周琳琅从江宅的大门走出来,江枫跟在她的身后,慷慨地说,只要是你喜欢的,你都可以带走。

周琳琅停住脚,慢慢地转回头,看着面前这个男人,忍不住笑了,说,我只想把你装进口袋里带走,可以吗?江枫窘迫地笑,搓着手,眼睛看着脚尖。他的笑容还是那么好看,那么动人,难为这个花心多情的男人,什么样的场面没有见过?竟然也会拘谨,竟然也会手足无措。周琳琅忙说,别怕,开玩笑的。他听了,像一株风中的清竹,重又生动起来,恢复了往日的那种落拓不羁。

经过蔷薇花架下面的时候,一个妖娆秀气的女子坐在白色的长椅上,两条修长的玉腿架在一起,一双秀足,穿着银色细带的凉鞋,指甲上染了紫黑的蔻丹,目光赤裸放肆地看周琳琅提着行李从院中穿过。

"犹抱琵琶半遮面",那是哪一个朝代的事了?这不,周琳琅刚从江太太的位置上退下来,便有年轻美丽的女孩毫不掩饰地窥视这个位置。周琳琅在心中冷笑,别得意太早,用不了几年,还不是和我一样?心中隐隐地流露出不怀好意,甚至明朗一切的笑。

和江枫拥抱道别,像某一个平常的日子出门旅行,只是这一次,走出这个门,周琳琅知道,自己便不再回来。

她长长地叹了一口气,终于不再做江太太了,在别人羡慕的眼神中,这个跟了周琳琅整整三年的标签,终于被江枫亲手撕掉了,周琳琅不再是身家千万的江太太,别人惋惜嘲笑都无所谓,只要自己淡出的心甘。

从25岁到28岁,跟他结婚三年,周琳琅以为自己是爱他的,他眉头都不皱地给她买红色的敞篷跑车,给她买外国品牌的时装,周琳琅以为那就是爱,不爱怎么会如此慷慨?

为了他,周琳琅不再出去工作,不再和男人交往,心甘情愿地在家里等他,有时候他出差去外地,一走两三周不回,竟连电话也没有一个,周琳琅像一片干枯的树叶,落在大房子的角落里,一个人发呆。

酒过三巡,茶过五味,什么都淡了,也该重新置杯换盏,重新洗牌开局。

拣了一个阳光明媚的日子,周琳琅搬到好友小薇的蜗居,灰头土脸地养了一阵子伤,然后爬起来,每天给小薇做晚餐,余下一大块空白时间看时尚杂志,修理指甲,听歌,这些几乎成了周琳琅生活的全部,悠闲到无以为寄。

小薇看不过去,摇了摇头说,你不如找一份工作吧,省得天天在家里闷得慌。周琳琅淡淡地笑了,她不知道自己能干什么,三年的时间,周琳琅好像退化到只会烹茶煮茗,打理家务,看时装杂志,逛美容院,难怪江枫会看上别的女子。

一个被圈养的女人,退化的不仅仅是看得见的行动,她的精神境界都连带退化了。

小薇比她起劲多了,每天拿了报纸,到处打电话应征,周琳琅倒是事不关己任其操作,最后重点圈定了一家广告公司。

9月初,去那家公司上班,打开衣橱挑了最好的衣服换上,露背的裙装更显得其娇柔妩媚。小薇看着周琳琅笑,大小姐啊,这是去上班,不是去派对狂欢,穿成那样。来不及去买新的,周琳琅只好穿了小薇的职业装,小薇的个头比周琳琅矮,衣服裤子都很短,穿在身上像是偷来的。

在那家公司里,周琳琅遇到了杨安,一个比她小两岁的男人,

却是她的顶头上司,他上下打量周琳琅,目光锐利地看着她,语气凌锐,以后别穿成这样就跑出来见人,你是一个白领,不是玩酷的少女。周琳琅的脸一下子发起烧来。这个小男人说起话来,不给人留丝毫的余地。

周琳琅模模糊糊地记得这个叫杨安的男人。

去年春末夏初,在美容院里遇到江枫和他的助理,亲昵的举止和神态令周琳琅心碎神伤,肝肠寸断地冲到街上,呼啸而过的车周琳琅竟视而不见,被一个人拽了一把,清醒过来,发现自己被一个男人拽到怀中,他满眼真诚地问周琳琅,你没事吧?要当心安全。本是一句很平常的话,但在那时的她听来,酸楚竟不能自抑,彼时彼刻,眼泪簌簌而下,周琳琅木然地点头,并没有对他说一句话,可是周琳琅却记住了他,记住了他真诚的眼睛。

当初周琳琅亦是江枫的助理,升职为江太太后,便被江枫圈养在家里,过着别人看起来体面的生活,但实际上她已经从跑退化到走,如果不是口袋里那张中文本科的文凭,周琳琅想,自己根本混不进这家一流的广告公司。

2

天知道,周琳琅是怎么熬过刚开始的那段时间的,刚接手广告策划工作,没有一点经验的她,根本无从下手,熬了一个星期写出来的方案,在例会上不仅被杨安否定了,而且当着众多小师弟小师妹的面,毫不留情地被他骂了一顿,他板着脸训周琳琅,把她点灯熬夜做的方案一把摔到桌子上,你做的这是什么啊?白白浪费一堆 A4 的纸,简直是垃圾。他训人的样子,和周琳琅印象里的那个温情男人对不上号。

周琳琅窘迫得无地自容,这个男人凭什么在这里对自己大呼小叫?不就是比她早几天到公司吗?不就是一个小小的部门经理吗?周琳琅忍无可忍,受此大辱,怒气冲冲地抓起手袋,冲出小会议室,发誓从此不再踏进这家公司,也不再见这个男人。

周琳琅不再去广告公司上班,杨安打电话过来,周琳琅说自己要休息一段时间,杨安沉默不语。放下电话,小薇从电视前抬起头,骂她没出息,周琳琅却想,没出息就没出息吧,反正自己不想再去看杨安的脸色。

小薇去上班,她一个人百无聊赖地待在家里,闲着没事儿,去街角的那家茶吧喝茶混时间,去了几次之后,认识了那个表演茶道的女孩,那天女孩不在状态,不小心把开水溅到了客人的手上,客人不依不饶,女孩垂头红脸地道歉,客人仍然不依,周琳琅看不过去,便笑着上去搭言,替女孩表演茶道。

她温言软语地说,喝茶讲究的是心情和意境,诸位这么大的火气,只怕是背离了初衷和本意,这样吧,我替几位倒杯茶,消消气如何?

客人不置可否地点头。

以前，她只给江枫单独表演过茶道，不知道江枫是不是因此把周琳琅从助理升到江太太的位置，但却可以肯定江枫是爱茶之人。周琳琅从没有当着大庭广众卖弄，不免有些紧张，手心里出汗。从备水、温盅、备杯、置茶、摇壶、闻茶香、第一泡、出茶汤、倒茶汤、分杯、闻香、奉茶、清理到结束，一路表演加讲解，尽管行云流水，但额上仍然渗出了细密的汗水。功夫茶细致琐碎，非心平气和是很难体会其好处的，正说得起劲，忽然瞥见杨安站在远处，看着她微微地笑，周琳琅立时歇菜，声音渐次小了起来。做完最后一道工序，放下茶具，转到杨安的桌子边上坐下。

杨安笑道：你表演得很好啊！周琳琅忙说，取笑了，滥竽充数而已。杨安正色道，我说的是真心话，不是客气和应酬，我相信广告你也一样会做得很好的。敢不敢回公司，继续做我的手下？原来他是跑到这里找自己来了，明知道是激将法，但她仍然抬起头来笑道，这有什么不敢？

杨安在歌声中笑了起来，他说，这就对了，周一我在公司等你。

其实答应了杨安，周琳琅就后悔了，世界这么大，何必在一棵树上吊死呢？小薇说，别死心眼了，这年头，好马也吃回头草，何况你这马连工作经验都没有，就回那家广告公司，你也不会少什么，好好做，别被那个上司看扁了啊！周琳琅被小薇说得有些泄气，想想这些年好像除了做江太太，就再也没有做过别的。

周一的早晨,她乖乖地挟了包去向杨安报到。杨安抱了一大堆的广告策划成功的案例给她看,周琳琅接过来放在桌子上,埋首其中,只一个上午就看得头昏眼花,叫苦不迭。

一连看了几天的案例,已是老眼昏花,杨安让周琳琅写一个洗面奶的广告策划,周琳琅像一只热锅上的小蚂蚁,抱着胳膊在房间里走来走去,熬了大半夜,没写出一个满意的策划案来,小薇正抱着电脑和别人对战电脑游戏,见周琳琅长吁短叹,便说,大小姐,你安安静静地坐一会儿行吗?晃得我眼晕。周琳琅白她一眼,早知今日,当初就不该答应你去上这个班。

呕心沥血写出来的策划仍然不能让杨安满意,他骂人的时候很凶,周琳琅低着头,眼泪缓缓地落下来,像一个受了委屈的小孩子,她变成了一个爱掉眼泪的女人。

然而,职场根本不相信眼泪,杨安手把手地教她,常常下班之后,别人都走了,他留下来帮周琳琅修改方案,指出不足,经他之手后,周琳琅做的方案几乎就是被他重新写过。她心中除了感激,还是感激。

有一次加班,周琳琅为他冲了一杯咖啡,端给他时,他正埋头写文案,低着头伸手过来接,不小心触到了周琳琅的胸上,他吓了一跳,脸"腾"的一下子红了,连声跟她说对不起。

周琳琅和杨安的关系因此微妙起来,比同事近,比情侣远。事实上对杨安,周琳琅从没有过非分之想,公司里有多少小姑娘

主动接近杨安,市场部新来的可可姑娘,围着杨安像一只蓝蝴蝶,瞎子都能看得出来,自己凭什么？就凭离婚的身份,还比他大两岁？

3

这年秋天,杨安和一家食品公司谈广告创意的事儿,临时拉上周琳琅,去了才知道,这家公司被江枫收购了。周琳琅的头"嗡"地一下就大了,想找借口溜掉,可是杨安却紧紧盯着她,她无隙可寻。

杨安递上名片,江枫看都没看一眼,便扔到了一边,他看到周琳琅的一瞬间有些吃惊,然后目光赤裸放肆地落在她的脸上,仿佛她的脸上长出花朵一般,让他惊奇。周琳琅知道自己现在和做江太太时,是完全不同的两个人,那时的周琳琅是一朵温室里的花儿,纵然美丽惊艳,却并无香味,也无内涵,江枫便是她的天、是她的地、是她的幸福。现在不同,周琳琅独立、干练,穿职业装,高跟鞋,妆容精致,所以坦然地接住江枫的目光,她只想证明,他扔掉的是一块金子,而拣回的却是一粒沙子,让他后悔去吧！果然,他一直看着周琳琅的脸,对杨安说,不用谈了,只要你们这位周琳琅女士陪我吃一餐晚饭,咱们就签约。

趁下楼的时间,杨安开玩笑说,你的面子好大啊,八成这位江先生看上你了。周琳琅转过头瞪他一眼,他识趣地闭上嘴,脸一下子红了。平常偶尔开开玩笑也是有的,可是今天不同,因为玩笑的对象是江枫,一个仍然能让周琳琅心痛的名字。

吃饭时,江枫一杯一杯地灌周琳琅的酒,连杨安都看出来,江枫不怀好意,一个劲地用眼神暗示她不要喝,周琳琅心中先是有了三分的感动,这一年来,杨安一直若即若离,但对她的关心却从未改变过,自己又不是傻子,怎么会不知道?

吃过饭,江枫坚持要送周琳琅回家,杨安不肯,江枫趁着酒劲便和杨安争执起来。杨安说,我是她的上司,是我带她出来的,所以要对她的安全负责。江枫不屑地说,我还是她的前夫,不能关心她,送她回家吗?杨安怔了一下,转头看周琳琅。

周琳琅虽喝了两杯酒,但心中却是清醒的,一下子凄惶起来,自己什么时候变成了香饽饽,这种待遇从没有过。忽然听到杨安说,我是她现在的男朋友,不能送她吗?这么掷地有声的话,周琳琅不禁呆住了,她看着杨安的脸,眼睛一眨不眨,心中说不出是什么滋味。

江枫一下子暗淡下来,但临走时还是说了一句让周琳琅无比动心的话,家里的门永远为你敞开着。

如果是当初,哪怕是一年前,江枫如果撂下这句话,也会让周琳琅狂喜,可是今天,此时此刻,周琳琅尽管有些激动,但理智还在。

那天晚上,杨安开着公司的破桑塔纳送周琳琅回家,一路上他们都不出声,车里的空气一下子沉闷起来,周琳琅和他默默地听着车里静静地流淌的音乐,一个女声在唱,想要问问你敢不敢,像你说过的那样爱我;想要问问你敢不敢,像我这样为爱痴狂。

周琳琅使劲地想,终于想起来,这是奶茶刘若英的歌,风吹进车里,周琳琅的眼睛湿润起来。

那样的夜晚、那样的气氛,杨安像醉酒似的,忽然抓住周琳琅的手,热切地问她,我做你的男朋友,好不好?周琳琅的心一下子跳到嗓子眼,她的脸红润起来,看着他抓住她的手,半天,还是摇了摇头。

杨安明亮的眼睛,一下子暗淡起来。

年底,离婚一年半之后,江枫第一次给周琳琅打电话,他的声音有些压抑和沉重,这真的不像他的风格,他的张扬仿佛一夜之间被风刮去,他在电话里七拐八绕的,最后终于说到主题,他的母亲病重,在医院里想见周琳琅最后一面。周琳琅几乎没有多想,就答应了。

下班之后,周琳琅急忙赶去医院,毕竟江枫的母亲给自己也曾做过3年的母亲,见一面也不为过。只是当她赶到的时候,江枫的母亲已经撒手西去,没有来得及见最后一面。江枫见到周琳琅,这个35岁的男人,像个孩子似的伏在周琳琅的肩头哭了。

周琳琅任江枫抱在怀里,一动不动,这种时刻本来就不该计较太多,人文关怀是起码的人道,他毕竟是自己的前夫而不是敌人。

胡思乱想着,一转头忽然看到杨安,手里握着一张处方,在排队等候划价,周琳琅下意识地想挣脱江枫的怀抱,无奈他抱得紧紧的。正在挣扎,忽然杨安转过头来,目光落在她的脸上,她立时慌乱起来,在他的目光之下,周琳琅觉得自己无处躲藏。

杨安一句话都没话,转身黯然地离去,周琳琅追过去。在医院外面的银杏树下,杨安停住脚,看着气喘吁吁的周琳琅,讥讽道,恭喜你,终于可以过回有钱人的日子。

周琳琅的内心里忽然有一阵绞痛,她一直觉得他是懂得自己的,这样的话不该从他的嘴里说出来。周琳琅急忙分辩,不是你想的那样,他的母亲刚刚去世,想见我最后一面,如此而已。

才12月底,已经有了过年的氛围,不知谁家的孩子,在背后放了一个鞭炮,"嗵"的一声,吓得周琳琅一哆嗦。这个鞭炮响得太及时了,给了杨安一个台阶,杨安不容分说,把周琳琅揽在怀里。他说,我真的喜欢你,可不可以给我一个机会。

周琳琅犹豫半天说,我是一个有过婚姻的女人,配不上你的。杨安说,我知道我没有他有钱,我知道我没有香车豪宅,不能送你敞篷跑车,不能送你巴黎时装,我知道我是穷人,我除了爱什么都没有。

周琳琅急忙辩解,不是这样的,你完全可以找一个年轻漂亮的女孩,而我暂时不想谈及爱情和婚姻,我害怕看到一座婚城—

点点变成废墟,那种经历让我有惨痛的感觉。

杨安歪着头看周琳琅,他说,不是所有的爱都像你理解的那样,我理解的婚姻,就像是酒,尽管都装在瓶子里,但味道却千差万别。相信我,我会给你最真最醇的爱,一辈子,直到青丝如雪。

说着,他从怀里掏出一枚戒指,钻石小得就像小米粒,戴到周琳琅的手上。周琳琅的眼泪掉下来,她说不,我的年龄比你大。杨安说,没关系,过几年我就追上你了。周琳琅说,虽然我和江枫离婚了,可是他并没有给我多少钱。杨安不怒反而笑了,他说没关系,我相信自己会挣到一碗饭钱,不会让你挨饿。周琳琅说,我已经不再年轻美丽。杨安说,在我的心里谁也比不上你。周琳琅说……杨安拥住周琳琅,他炽热的唇覆下来,吻得她喘不上气来。

杨安吻着周琳琅的眼泪说,明天我就去辞职,然后我们结婚,周琳琅摇摇头又点点头。杨安笑了,他说,我知道了,你是嫌钻石太小,赶明儿我挣到钱,给你换一颗钻石像馒头那么大的,好不好?

周琳琅"嗤"的一声笑出来。杨安抱着周琳琅说,从现在起,我幸福地失业了,你就当一回好人吧,不能见死不救啊!周琳琅明白他的话,因为公司里曾有明文规定,在一个公司里的职工不许恋爱结婚,违者将视为自动离职。

曾经以为,离婚之后,自己不会再轻易踏进婚姻这个是非之地,婚城进出,哪怕再洒脱,也是伤筋动骨的疼痛,可是面对杨安的真情,周琳琅动摇了。

11点钟回到小薇的蜗居,这死丫头竟然没睡,穿着睡衣,赤着脚,坐在地板上,听刘若英的《为爱痴狂》,怀中抱着玩偶熊。看见她,周琳琅一脸幸福地说,我爱上了一个"穷鬼",他没有钱,但我和他在一起觉得很踏实。

小薇嬉皮笑脸地问她,是我表哥吗?周琳琅莫明其妙地问她,谁是你表哥啊?小薇笑,是杨安啊,他从第一次看到你就喜欢你了,想不到这么笨,到现在才追到你。

周琳琅翻来覆去地看着手上的戒指,忽然明白自己掉进了小薇的圈套里,可是这是幸福的圈套,周琳琅心甘情愿地掉进去。她追着小薇骂:"你这个坏丫头,我饶不了你!"

周琳琅和杨安结婚时,婚宴上来了一位让人意想不到的客人,大厅里一时间鸦雀无声,人人都看着这一对新人,以为会发生一些什么事情,结果什么事都没有发生,这多少让那些等着看热闹的人生出一丝淡淡的失望。客人是江枫,他送了一大束百合花给他们,祝他们百年好合。

城里城外,看上去似乎只有一步之遥,但经历过的人都知道,那中间其实隔着千山万水。

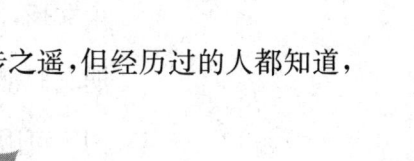

裂 变

1

彼时,秦雨阳在北京的一家科技公司做市场,负责把一个外国品牌的打印机打入华东市场。去上海出差,绕道回到故乡青岛探望双亲,被朋友拉着去了海边,与易安狭路相逢终没能幸免,易安成了他的宿命。为了这个女孩,他辞了北京的工作,回到青岛定居,朋友们都说他疯了,月薪一万多元的工作连同不可限量的前程,他竟弃之如敝屣,那份洒脱令易安感动不已,遂毫不犹豫地嫁给了他。

婚后的易安,仍然做着她的导游,带着团天南地北地跑,他曾试图让她放弃这份工作,可是易安不肯罢手,她说趁着年轻,再跑两年。

聚少离多的日子,让秦雨阳感到索然无味,下班后不用急着往回赶,因为回到家中也是一个人,寂寞就像空气一样与秦雨阳形影相随。尽管易安每到一个地方就会给他打电话,或者发短信,但那怎么能抵得住怀中的温香软玉,吹气如兰?也曾想着把这份精力投入到事业上,无奈小城里并没有他的用武之地,日子久了,难免倦怠,消沉。

公司里有年轻的女孩子,有时候也难免和她们调侃几句,但如果谁动了真的,秦雨阳会吓得立刻掉头。

易安带团去丽江,前脚刚走,公司就派他去云南出差,他兴奋得恨不能在老板的胖脸上亲一下,因为他可以绕道去看易安,可以给她一个惊喜,他设想着见面时的种种情景,兴奋得像一只张开美丽翅膀的蝴蝶。

没有打电话就去找易安,结果扑了空,在易安住的酒店楼下等了近3个小时,易安才回来。看到秦雨阳傻傻地站在大堂里,易安愣了一下。

相见的情景并没有想象中那样让人激动,但易安仍然关切地问他有没有吃晚饭,他摇了摇头,易安说,我去给你叫吃的,你等一会儿。

秦雨阳点了点头,他看着易安的背影发呆。这一等,足足让他等了45分钟,仍然不见易安回来。其间电话响了数次,是一个

男人找易安,说的是英语,发音非常标准,秦雨阳有些纳闷,好好的,说什么鸟语啊?又不是境外。他抽出一支烟慢慢地吸,磕烟灰的时候,忽然发现烟灰缸里有好几支烟屁股,他忽然有一丝不快,这丫头怎么想起吸烟了呢?

易安气喘吁吁地跑回来,他嘲笑道,这么久,只怕去了北京也飞回来了吧?易安在他的背上捶了一拳说,不长良心,我去街上给你买小吃米灌肠和鸡豆粉,不说感谢我的话也就算了,还在这儿笑话我,看我怎么收拾你。

秦雨阳有一丝感动,觉得自己不该那么小心眼,于是轻轻地把易安揽过来,搂在怀里,低下头去寻她的唇。

2

丽江之行,秦雨阳觉得和易安之间似乎有了一种无形的距离,尽管易安后来表现极佳,但他仍然不能释然,心头似乎梗着什么东西,难受,却无法排除。

下了班,慢慢往回走,圣诞夜,人人的脸上洋溢着喜气,只有他是孤单的,有时候他也曾想,这就是自己当初要投奔的生活吗?

天色暗淡下来,他顺路拐进了一个名叫哈瓦娜的酒吧,推门进去,一种神秘的幽暗,灯光迷离,有一种乱花渐欲迷人眼的感觉,氛围放松而舒适,第一次知道青岛还有这么好玩的地方,秦雨阳找了一个靠近窗边的位子坐下,要了一支墨西哥原装进口的科罗娜,慢慢地喝着。

这是一个可以跳舞的酒吧,在这里可以看到纯正的拉丁舞、伦巴、萨拉萨表演,可以欣赏到纯粹的拉丁音乐,疯狂地扭腰摆胯,令人窒息的暧昧的空气,迷人的夜晚,让人有一种血液沸腾的感觉。

他注意到对面的女人,纤细白皙的手指,手中握着的,也是科罗娜,手臂支撑在桌子上,精致的下巴微微地扬起,眼神苍茫如水,茫然地与他对视,并不回避他的目光,秦雨阳饶有兴致地看着她,想不到小城里还有这样的女人,风情万种,却又冷漠淡雅。

他喝着科罗娜,想着易安,看着对面这个花样女人,时间缓缓地流淌着,渐渐地他喝得多了,眼睛看人已变成双影,醒来快到二点钟了,酒吧打烊,把他叫了起来,秦雨阳揉着眼睛,回头看那个眼波如水的女郎,早已踪迹全无。

回到家里,和衣躺在床上,竟然梦到与那个女人纠缠在一起,那个女人落花一般柔软的身姿,在秦雨阳的怀里像化了的冰,温热成水,她的卷发弄得秦雨阳的耳朵奇痒难耐,她的抚摸像故乡袅袅的炊烟、天上淡淡的月光,像温柔的流水,让秦雨阳的心战栗不止,她的亲吻像雨点一样轻轻洒落在秦雨阳的心头,像舒缓的音乐让秦雨阳心潮澎湃。

早晨醒来,发现自己原来是在梦中和一个女人温情缱绻,不禁失笑,看来自己是想女人了。易安离开的时间太久,想到易安,秦雨阳忽然觉得有些对不起她,尽管只是在梦里。

他看着床头柜上易安的照片,那是第一次在海边,易安误入他的镜头内,他迅速按了快门,留下了那个永恒的瞬间。照片上的易安,穿着黑色的泳装,肌肤白皙,腰肢纤细,小巧的乳饱满而挺拔,像含苞的花蕾,长发结成两只麻花辫,松松地耷在肩上,顺着发梢滴下晶莹的水珠,红唇花瓣一样,微微地张开着,脸上的笑容像百合花一样清新,这样的女孩子跟欲望搭不上半点边,可是他不知怎么,看得口干舌燥,心跳如鼓,他算不上一个太坏的男人,可是他却被易安深深地吸引。他看着照片,笑容渐渐爬上嘴角,慢慢洇透时光。

起床后,他要做的第一件事,就是给易安打电话,他不能遏制地想念易安。电话里,易安咯咯地笑着说,亲爱的,我在三亚。刚说了这一句,就听旁边有人插话。尽管他听不真切。然后易安说,长途电话贵着呢,收线了,于是匆匆挂了电话。

秦雨阳没有来得及说一句话,握着电话发呆。易安就这样把他丢在了电话的彼端。

3

去哈瓦娜酒吧,似乎成了秦雨阳生活中唯一的希望和情趣,潜意识中秦雨阳是渴望与那个眼波如水的女人相遇,但作为一个男人,秦雨阳却是抵制和排斥自己这种想法的。这种矛盾的人生也是身为男人的矛盾写照。

终于没有抵制住诱惑,隔了两天,又去了哈瓦娜。慢慢地品尝着科罗娜,散淡地看着跳舞的人群,这些人都是夜生活的精灵。忽然秦雨阳的眼睛一亮,他看到了那个女子,她在一群人中独自舞着,疯狂地扭动着腰身,感性的舞蹈语言、冷漠的表情,勾起了他心底最原始的欲望,秦雨阳的目光轻轻地追随着她。音乐渐渐舒缓,停了下来,她走到他身边的椅子上坐了下来,坦然地接住秦雨阳的目光,没有丝毫的害羞,秦雨阳递给她一支科罗娜,她伸出瘦削苍白的手,接了过去,只对他点了个头,连谢谢都没有说,仿佛相识已久,随意而散漫。

秦雨阳知道了那个眼波如水的女子,名字叫方糖。在哈瓦娜碰面的次数多了,渐渐知道了彼此的一些事儿,她知道秦雨阳是一个已婚的单身男人,而秦雨阳知道她是一个跳舞的女人,每晚都在这儿等她的男友,也曾是她拉丁舞的舞伴。秦雨阳问她那个男人什么时候能回来,她黯然地笑说不知道,他探究地看她,她苦笑说,他跟着别的女人去了温哥华。秦雨阳的心中忽然升起一股莫名的苍凉和感动,为这样的女子,为这样物欲的年代还有一份真纯,为没有答案的人生固守一份无望的等待,慢慢地消耗似水年华。

易安是在秦雨阳毫无思想准备的情况下,悄悄回来的。他回到家里,发现窗明几净,房间里井井有条,舒缓的小提琴曲《苦砂》

轻轻地从CD中流淌出来,这首同名的歌曲,用小提琴来演绎,仿佛增添了许多内涵。喜悦刹那间溢满他的心,他喊着易安的名字,易安从卧室里走出来,轻轻地拥住他。

他把她抱起来,轻轻地放在床上,在舒缓的音乐中,秦雨阳慢慢地俯下身吻她的唇,她的唇冰冷而没有生命力,他抬起头来看她,她的眼角有泪缓缓地坠落。

秦雨阳不明白易安是怎么了,她这次回来,和以往的任何一次都不同,尽管她在他的怀里,可是他却觉得她那么遥远,遥远到他根本无法靠近。

之后,易安去浴室洗澡,她的手机放在床头柜上,手机上绿色的灯闪个不停,秦雨阳知道是有短消息进来,开始他并没有介意,可是易安洗澡的一个小时内,手机上的绿灯闪了有十次之多,他终于忍不住拿起她的手机,一条一条地查看,全部是一个叫风的男人发给她的,无尽的缠绵之情,烧得他的心隐隐作痛。种种猜想,都被这些手机短信证实了,他的易安,和别人恋爱了。这个纯真的女孩,在他的心中由天使变成了女巫。

他等不及易安从浴室里出来,冲进去和她吵了起来,声浪可以掀开屋顶,任凭易安怎么解释,都无法平息他心中的愤怒,他砸碎了家里所有能砸的东西,满地都是碎片,易安踩在上面,脚底下开满了大朵、大朵绯红的花儿,她梗着脖子,仰着脸,眼泪终于没有忍回去,滚滚落地。

4

  8点钟,哈瓦娜开始营业之后,秦雨阳是第一个客人,他要了科罗娜,躲在角落里慢慢地喝,方糖看到秦雨阳,吃惊地问,怎么了?他漫不经心地说,很好啊!这个眼波如水的女子就笑了,怎么几天不见,就憔悴了,胡子也长出来了,不是想我想的吧?这种轻佻的玩笑从方糖的嘴里说出来,也不见得有多轻佻,但他还是忍不住跟她调侃道,我想吃方糖,甜甜的那种。方糖说,那还等什么呢?

  一起出了哈瓦娜,冷风一吹,彼此清醒了不少,方糖这个善解人意的女子,并不问秦雨阳发生了什么事儿,只是伸出一只手,牵住他的手,他能感觉到她手心的温暖,心中滋生出沧桑的破碎感,忍不住声音哽咽起来,秦雨阳说我不想回家。

  方糖看着他淡淡地笑了,说,没出息。

  他像一个无家可归的孩子,被方糖牵着,去了她的家。她的家是一栋日式的旧别墅,深深的巷子的尽头,一个小小的院落,旧旧的墙壁、木制的楼梯,踩上去发出咯吱咯吱的声响,方糖牵着他的手,一步一步上楼。

  方糖的家有着浓郁的怀旧色彩,所有的家具都是黯然的。秦雨阳原以为和她会像两张燃尽灰烬的纸一样,会有着无比疯狂的夜,可是却什么也没有发生。他真的很想和她发生一点什么事,

可是方糖的冷静让他放弃了这种想法。

回到家里,易安抱着双臂,坐在客厅角落的地板上,头深深地埋在膝上,显然,她也是一宿没睡,看到她的脚缠满了白花花的绷带,他的心仍然不由自主地疼痛,他知道,此时此刻自己仍然爱着这个女人,不爱,怎么会计较?

他走过去,轻轻地把易安揽在怀里,在她的额头上轻轻地吻了一下,然后说,我走了,回北京,从此不再回来,你自由了。易安的眼泪落下来。秦雨阳吻她的眼泪说,我输得不甘心,输得莫名其妙。

易安的眼泪汹涌得制止不住。秦雨阳知道是他的话让她承受不住,他不是在故作姿态,既然输了爱情,就不能再输了姿态。其实潜意识中,他自己也不明白,是想逃离易安,还是逃离自己?对于这份感情,他没有做过丝毫的补救,破碎了的磁片,哪怕修补得再完美,始终有裂痕。

回北京时,他唯一拿走了易安的那张照片,放在不多的行李里面,沉甸甸的。不久,就听人说,易安嫁给了一个美籍华人,然后移民去了美国。这位美籍华人就是当初跟着易安的团去三亚,然后疯狂地恋上了易安的那个男人。

一年之后,秦雨阳去上海出差,在上海虹桥机场,接到易安的越洋电话,易安在电话中幽幽地说,当初你为什么不留我呢?说不定我会留下的。

抱着电话,半天,他说不出一句话。

回不去了

1

于小鱼是个有钱又有闲的女人,碰巧又很漂亮,这样的女人很迷人。

女儿在一家贵族学校寄读,只有周末才能回家一趟,聪明漂亮,活泼可爱;丈夫是个工作狂,常常出差,虽能挣回大把的钞票,可是难解她心中的寂寞。在别人眼里,她是一个离幸福很近的女人,一切都是唾手可得。可她常常在干别的什么事情的时候,心中没有来由地生出无端的烦恼,说不清,道不明。女友安妮不明白,她生活得滋润、悠闲,还有什么好烦的呢。

安妮曾直言不讳地对她说,我羡慕你鱼儿一般自由自在的生活。

于小鱼说,你不是鱼儿,怎么知道鱼儿自由自在,没有烦恼?

安妮泄气地说,你难道要像我这样,人在江湖,身不由己,一滴血、一滴泪,真刀真枪地打拼,那日子才叫辛苦。精神不好,老得又快。还得一天到晚提心吊胆担心别人在你背后捅刀子,脚下使绊子,牙齿落了,也得和血吞下去。一个女人生活在那样的水深火热里,才叫恐怖。

于小鱼闭上眼睛,叹息道,我觉得我的生活一团糟。我像是一个漂在水上的人,不知道下一刻会漂到哪里,找不着北。

那简单,你上网呀!

一语惊醒梦中人。

2

在这一刻,于小鱼是沮丧的,至少看起来是这个样子。

她等了整整两个小时,并不见一个可疑的人影在她面前停下脚步。她在心里想象着神雕大侠的模样,也许是个男人,也许是个老人,也许是个女人或者是个孩子,也许是个丑八怪,也许像神雕大侠杨过那样,有一只断臂,也未可知。

她有些懊悔自己的冲动、太轻率、太莽撞。她觉得不该答应神雕大侠的约请。

可是此刻后悔也晚了,既来之,则安之。

她想,也许此时,神雕大侠正躲藏在哪个角落里偷偷地观察自己,也许这个人根本就不曾来。

她徜徉在机场的候机大厅里,对着一块电子滚动屏幕发呆,做出感兴趣的样子,其实她什么也没看见,没心情,心里也没有多余的空间。大厅里的人大都如此,耷拉个脑袋,摆弄着一些毫无意义的小东西,消磨着难耐的时光,这时候,时间显得尤为漫长。

都是因为招人烦的大雾。刚才飞机在降落时,翅膀剧烈地抖动,几乎失去平衡。那一刻,她担心今生再也见不到女儿了,为了一个无聊的神雕大侠而客死异乡。

在这个海滨城市里,有雾的日子像吃饭和睡觉、去洗手间,以及做爱那样天经地义,那样猖狂,久而久之,潮湿的雾气竟成了这个城市的一部分。没有它,倒不适应了。她想着,这雾气可能是从海上漂过来的吧!浓重的潮湿,吞噬着人的精神。烦躁和不安,让她脸色很难看。

忐忑不安的心情,会影响情绪和健康,最明显的痕迹,是她的眉心已长出了一颗"痘",这让她害怕,让她望而生畏,同时又让她感到像做坏事一般的汗颜。在她的印象里,战"痘"是少男少女的事,自己一把年纪了,倒加入到他们之中。

其实,她也只不过二十几岁,心态却像一个日子过得久了的女人。她看上去疲惫不堪。

安妮说:你是心火旺盛,何必搞得自己跟一个斗士似的。

于小鱼黯然,她是一个性格急躁又较真的女人。

比如这次,她和神雕大侠在网上已经约定了穿什么衣服,手里拿什么东西,做什么记号,神秘兮兮地,有点像特务接头的意思。可下了飞机,连个鬼影子也没见着。自己却暴露无遗,这很危险,自己在明处,对方在暗处,说不定对方正得意呢!

于小鱼猛地一转身,大概是幅度过大,把站在她身后的一个男人撞了一个趔趄,他腋下夹着书本一般大小方方正正的皮包也随之而落,她吓了一跳。在一瞬间,她看清了男人的眼睛,她有些迷茫。男人很年轻。

男人立在她身后,也在看那块大屏幕。男人弯下腰,捡起地上的皮包。于小鱼当然知道,那是一个名牌皮包,可那又怎样,现在的男人不管是干什么的,人人腋下夹一个皮包,她不屑一顾。好在男人风度很好,站起身向于小鱼说,对不起,甚至还对她微笑了一下,笑容很温暖。

于小鱼淡漠地点了下头,就颔首而去,她甚至没说一句道歉的话,她的心情已经懊恼、糟糕、恶劣到无以复加。可她努力保持着不发作,她不想把自己的坏心情变成一枚炸弹,摧毁任何一个跟她稍有接触的人,可她越是这样,体内的压力便越积越大,像高压仓,爆炸了,也许能炸掉一个地球。

她决定乘火车,连夜返回。她总是果断又爽快,做事凭直觉。

出了门,天边最后一抹晚霞已飞逝,天就快黑了。候机大厅的落地玻璃窗外,一片宽敞的地方整齐地停放着出租车,她犹豫了一下,扬起手,手臂在半空中稍做停留,随即划出了一道优雅的弧线,漂亮、准确、到位。她准备打"的士",赶在天完全黑了之前回到城里,住上酒店,稍事休息、调整后,坐一辆夜里出发的火车赶回去。

她有一种被戏弄的感觉。自己竟然天真到去相信隔着时空,隔着千山万水,一根铺在地下的光缆。其实光缆没什么错,错在这个世界上有另外一个空间,人人戴着面具挤在那个空间里舞蹈,自己却当真。

这时,一辆黑色"奥迪 A6"慢慢地滑到她的面前,悄无声息,稳稳地停住。她以为是出租车。她犹豫了一下,似乎觉得哪儿不对,一下子又想不起来,便匆忙地猫腰钻进车的后坐,对司机说了酒店的名字,就闭上眼睛,假寐,她累。

汽车缓缓地向前爬行,大雾使所有的汽车都开了尾灯,她想象着,那是一些忽明忽暗的眼睛。她想象着汽车风驰电掣般飞翔,她被带着一起飞翔,她被带到了一片开满油菜花的地方,仿佛又回到了童年,她高兴得又蹦又跳,隐约还看见自己掐了两朵油菜花戴在头上,臭美。

在梦中,她总是很快乐。

司机从后视镜里看着她变幻不定的神色,纳闷。她被梦魇紧紧地追赶着,脸上的表情丰富多彩,她的梦境,好像是透明的,头枕在汽车座位的靠背上,姿势不是很舒服,也不是很优雅,整个身体是扭曲的。

她很漂亮,身上有一种韵味,看上去,舒服,养眼,有女人味。

她有一双细长的眼睛,像极了古代的仕女图画。头发清爽地、随意地挽在头上,眉目清晰,眉心有一颗"痘",用棕红色的眉笔点了一下,看起来更像一颗美人痣,很俏皮的样子。她像一朵还没有完全盛开的"马蹄莲"。她身上穿着湖蓝色的职业裙装,这身装束使她看起来很严肃,是唯一与此时的神态不相吻合的,破坏了事物的整体效果。

于小鱼即使在半睡半醒的状态下,身体上的每一个细胞仍然活跃、清醒,这是她多年来的习惯,已经超过她生命中的底线,她要虚脱了。因此在每一个夜晚,睡眠像一只来去无踪的影子,琢磨着它行进的轨迹,她的眼前总有一些鸡蛋一样大的泡泡在飞舞,影影绰绰。

此刻,她感到身体极度的不舒服,像有一只手在她身体上摸来摸去,痒痒的,不舒服。

车里的空气是憋闷的、窒息的。

猛然睁开双眼,车上的后视镜里,有一双眼睛在盯着她看,那目光是放肆的、欣赏的、挑逗的,带着明显的欲望,却不令人讨厌。目光游移之处,宛若毒蛇爬过之后,寸草不生。她的心"嗵嗵"地跳起来,这种感觉很多年不曾有过了。

这是一个物质的时代,纯粹的东西已经少了。她在家庭和欲望之间舞蹈,直到有一天,她发现只剩下躯壳,丢失了内容,像一台计算机只有硬件而没有软件,内心感到前所未有的恐慌,悲哀一圈圈地洇透了她的灵魂。她像一只受伤的野兽,从没间断地舔舐伤痛,咀嚼得有滋有味。

她记起了那双眼睛。是候机大厅里遇到的眼睛,很年轻。

黑色的眼睛透着一些蓝,像湖水一样透明而纯净,微微有些笑意。眼睛也会笑,这样优雅的笑,那笑意是舒畅的、温暖的、纯粹的。这样的眼神像温柔的子弹,射穿了她坚强的心脏,她像一个溺水的人,迫切需要一根救命的稻草。

她虚弱地将眼神移开,投向车窗外,丁香树站在迷雾之中多了几分婀娜、神秘与无奈。她把车窗摇下一点,湿雾疯狂而至,打湿了她前额处的一缕长发,眼睫毛沾染上潮湿的水汽。

那眼神就像刀剑一样锐利,拨动了她心灵深处一根最柔软的线。她使劲地咬住嘴唇,她提醒自己:他不过是人海之中一个萍水相逢的人而已。

另外她在心里告诫自己,坏人总是伪装成好人的样子。

车子几乎是摸索着爬行着向前,仿佛前方是一段不可知、没有把握的爱情。

她悄悄地打量男人,男人很年轻很时尚,皮肤看起来质感很好,泛着健康的光泽,头发干净、整齐,不到30岁的样子。但举手投足不经意间流露出一种成熟的、雄性的韵味。五官的轮廓很细致、线条柔软,是能经得起近距离的审视和推敲。这样的男人杀伤力很强,能吸引40岁的女人,能吸引像于小鱼这样二十几岁的女人,也能吸引十几岁的女孩子。如果还没结婚的话,如果碰巧又很有钱,是能一网打尽天下女人的钻石王老五。

男人漫不经心地放音乐,声音不是很大,一个女人温婉而低沉地唱着,声音瓷实,仿佛是在耳边轻轻地诉说着陈年的一些往事,一点一滴。她知道,这是蔡琴,她也喜欢。而且音量越小,效果越好。她奇怪,以这个男人这样的年龄,还是喜欢流行音乐的阶段。人只有到了她这个岁数,才会喜欢一些节奏舒缓的、经年的老歌,她猜想着。

男人一路上几乎没说过什么话,只是偶尔在后视镜中扫视了她几回。她觉得男人开车过于专注而且慢,一定是个新手,在大雾之中破雾而行,当然很危险,该不会发生意外吧!事实证明她的担心不是很多余,前面不远的地方有三辆车追尾,扎成一堆。人的生命真的很脆弱。车辆走到那儿,都小心地绕道而行。

她想:这样的鬼天气,我们该不是在去天堂的路上吧!

男人开车的速度的确很慢,整个过程就像一只会跳动的青蛙,虔诚地在路上向着一个方向蹦着。8点多,终于赶到城里,街头已经亮起了街灯,在夜幕下的大雾中惨淡地、专心致志地经营着那一点像萤火般微弱光亮,朦胧的只是一个亮点而已。

3

男人慢慢地把车泊在酒店门前的停车位上。

于小鱼拿起身边的皮包,准备付钱给男人。她眯起细长的眼睛问道:"多少钱?"声音平淡得没有一丝情感。

男人也笑了,说,你付不起的。

为什么?她愕然。

因为我的车子概不出租。对女士倒是可以考虑考虑。男人不再像开车时那样正经,油嘴滑舌地。

直到此时,于小鱼才看清楚,这真的不是一辆出租车。她感激地说,那好吧!谢谢你载我回城。她扬了一下手臂,对男人说Bye—Bye。

男人涎着脸说,不行,付了车钱再走。语气像一只逗弄老鼠的猫。

于小鱼想着包里还剩 3000 元,寻思着总会够了吧。就问道,你要多少?

男人纠缠着,嬉皮笑脸地说,跟我走吧,有你就足够了,我想要你。他说这话的时候,没有一丝羞愧、难为情的样子,仿佛在说着吃饭、喝水一类平淡无奇的话,而不是对一个才认识了几个小时的女人。

她是一个一本正经又严肃的女人，并且在意形式。她从来都是独来独往。她觉得男人这样说话是对她不够尊重，这让她反感而恼怒，她的脸因恼怒而涨红、变形。但她仍坚持着矜持地与男人道别。

她冷笑一声，心里说："没劲，当我还是一个怀春的小丫头，想泡我，哼，一边玩去吧！"

这样想的时候，有一丝洞穿一切的快乐的念头，在眼睛里闪烁，熠熠生辉。

男人目送她进了酒店大堂。可她脑后并没有长眼睛，她不知道。

她刚进去一会儿就出来，垂头丧气地。酒店已没有空房，因为是旅游高峰季节，客流旺盛。每年这时节都这样，一批批的游客，潮水般涌来，占据着城市里的空间。因此酒店里的服务小姐，眼睛都长到天上了，傲慢得像公主。你问她一句，她是理也不理你的样子，仿佛此刻是有求于她，而不是花钱住店。于小鱼有心去找经理投诉，可又没有闲情逸致去惹下这份闲气，折腾的结果又是可想而知。

这比神雕大侠的失约更让她沮丧，她有气无力地走出来，懒得愤怒。她已经没有多余的力气和足够的耐心去奔波。她想，连老天也不帮我。她最后在酒店门前的空地上，一点点地蹲了下去，背部的弧线因此而伸长，变成一道好看的弧。她伸出细长、柔润的手指，解下了别在脑后的波浪形的银制发夹，长发瀑布般地散落下来，她用手指插入发根梳理一下，仿佛真的能梳理开目前的烦恼和混乱的处境。

她的头发真好看，又黑又密。

男人浮现在夜的背景下，他倚在车头，身体稍微地倾斜，重心后移，两只手插入裤子口袋，悠闲地看着她，坏笑地说，跟我走吧？小龙女是勇敢的，你呢？虽是询问的姿态，却是肯定的语气，仿佛阴魂不散似的。

这是她在今天第三次遇见他。

于小鱼下意识伸出舌头，舔了一下嘴唇。她从来都是有分寸的，从不乱来，她沉吟着。

男人说，怕我强暴你吧！

她像被人揭穿了老底似的，难为情地咧了咧嘴。

她的脑子里突然峰回路转，灵光一动，她不屑地说，我不是小龙女，我是小鱼儿。

男人很高兴地说，小鱼你终于明白了。

他叫她小鱼，没有丝毫的扭捏。

于小鱼有些生气地说，你为什么不按照约定的去做？如果我是个男人，或者说是个丑八怪，你不出来，扭头就走，是吗？

男人不由她分说，拉住她细长的胳膊，像丢包袱似的，把她扔到车里，发出了一声很闷的声响。她好像一个找着台阶的人，半

推半就,毫不知耻地上了男人的车,没有挣扎,没有犹豫。她当然知道成人的游戏。女人一遇到感情的事就弱智,她不。当她的一只脚踏进车里的一刹那,她觉得自己是在堕落,那感觉,有着玩火的兴奋和快乐。这比做任何事都容易,白痴也能学得会,甚至不用学。她心中产生了一丝莫名的畅快,她想,其实她的骨子里,天生就是一个贱货,只是自己没有发现而已。

她紧张得手心出汗,像一个逃学的坏孩子,嘴角上露出劫后余生的微笑。他的一只手伸过来,握住了她戴着"婚戒"的左手,他把那只柔若无骨的小手拿到眼前端详着,她紧张地注视着他的面部表情。她知道他正端详着那枚小小的"婚戒",材质是铂金镶钻的,造型简约,钻很小,不值什么钱,可是她丈夫是一个注重形式的人,所以她一直戴着。

此刻,男人在她的手背上轻轻地亲吻了一下。她的全身上下的神经末梢像过了电一般奔流不息,这让她难受。她知道这是一种外国礼节,本身并没有什么具体意义,可是她还是受到冲击,控制不住地胡思乱想。她的嘴唇青紫而且在哆嗦。男人以为她冷,连忙把汽车靠在路边停下,把外衣脱下来给她披上。他是真诚的,他的眼神中没有一丝调侃的意味,他极其自然地做着这件事。

他把车一直开到一家外国人办的大型百货公司。夜色不深,门口正有一些人在进进出出。

于小鱼长长地舒出一口气,卸下担子似的轻松,她用手揉着胸口,她想用手按住那颗活蹦乱跳的心。

她想:他原来只为买东西。

她不由自主地想放弃,她摆弄手里的面巾纸,边上已经摩擦得起毛,她的情绪一点点镇静下来,失望由心底慢慢地升起,像一股淡淡的炊烟。她原以为今晚会有一些事发生,可是现在看样子什么也不会有。

她不能为了一个男人玩火,烧没自己。她不能冲破生活中最后的底线,她坚守着生活中一切可以坚守的东西,她总是理智地控制生活中的琐事,从不越轨。她更像一个斗士。

她也不能在痛苦中湮灭。

男人说,乖,在这儿等我,我出去就来。

男人总能控制局势的走向。

男人几乎是冲进百货公司的。

她坐在车里四处张望,她看到百货公司门前的阴影里,一对小情人正在相拥而吻,旁若无人。她想,他们真是大胆,可又有什么不好呢,也没妨碍谁。

她受到鼓舞。

好比说:她正要过一条水流湍急的河,不知水的深浅,试探着、犹豫着,后面有人推了她一把,她把持不住,就过了这条河。

20分钟后,男人喜滋滋地回来了,手里拎着一包东西,捡了包金子似的。她想:男人真容易满足。拎回一个塑料袋,就笑逐颜开。

她没有问身边的男人,那里面装着什么,她懂得禁忌。

男人说:小鱼,跟我走吧!我带你去一个地方,保准你这辈子也忘不了。男人又贴近她的耳朵补充什么。

于小鱼涨红了脸,笑得花枝乱颤,额头上有一缕头发掉下来,遮住了她半边脸。

这些年从来都是硝烟弥漫,她从没有当真,她早已习惯了波澜不惊的心态。可现在,在这个夜里,女人因为他的一句话,情绪几乎失去控制,夸张得像一个婊子。她像堤坝决口一样,因兴奋而战栗不停,纵横驰骋一回又如何。在夜里,她大声喊道:我们一起去飞翔。

喊出来,她平静了许多。

于小鱼在夜里,听到自己的声音很陌生,甚至有些轻佻,她的身体内部衍生了一个全新的于小鱼,与她的灵魂分开。

4

车顺着这条路一直向南开。路边已是行人稀少,他们一路狂奔,什么也不能阻止。

开车时的男人很正经。她喜爱这时男人的样子。

于小鱼是认识这条路的,这是通向海边的一条路,也是她在这个城市里认识的不多的几条路中的其中一条。因为一年以前,她还顺着这条路去看海，心情和现在完全不同。

大约这条路走过三分之二时，扑面而来的是海的气息。车子下了宽敞的大路，拐进一个院落，已近午夜时分。

下了车，男人说，回家吧。他的语气分明是那么自然，仿佛是年深日久的磨合之后，彼此熟知，彼此默契，一对真正的夫妻似的。

于小鱼开玩笑地说，说得跟老夫老妻似的，不用过渡一下？

男人又恢复了油嘴滑舌，说道：我觉得跟你认识有一百年似的，前生前世。

她笑道，肉麻。

男人开了锁，进门一把将她拖进怀里，仅仅是相拥而立，似乎有一百年那样长久。成熟的男人身上散发着古龙水和烟草混合的气息，最能吸引女人的，是动物本能。他低下头在她的额头吻了一下。女人虽然身上没有力气，但心中明白，觉得男人不懂情调。她以为"正戏"这就开始上演，太急切、太仓促。

可是男人并没有马上进入情况，他放开她，指着刚刚买回来的那包东西说：宝贝，换上你的衣服。

于小鱼打开那个袋子，傻了眼，她从来没有想过这些都是为她买的。她不确定地问：这是我的？

袋子里全是女人用的东西。她找出一件镶有"蕾丝"花边的黑色吊带裙，拿在手里比量着。她记得街边的精品店里，这样的衣服卖几千元呢，太奢侈。她感动。

陌生的房间、陌生的男人，给了她陌生的感受。

男人朝她点点头，尔后自顾自地拉上落地窗帘，帘子是浅绿的，这房间里的每样东西，几乎都是浅绿，有着梦幻一般的感觉。尔后他打开DVD，找了一张碟片放进去。音乐响起来，立即充满了房间的每一个角落里。

依旧是那个低沉而浑厚的女声。

这也是她喜欢的，她因此而欣喜。

一切都是在随意发展着。

他看着女人还是抱着衣服站在地中间，无所适从，就说，你到隔壁去换吧。她的身材正适合穿这样的衣服。

于小鱼从隔壁回来，男人的眼睛亮了，跟着她的身影满屋子移动，目光是深邃的。裙子一直落到脚面，身体因此显得更加修长。裙子的后背开得很低，一直到腰际，露出大片雪白的背，精致而光滑，衬得她该大的地方大，该小的地方小。

她惊奇男人的眼光会这样好。

她发现自己竟是个仪态万方、风情万种的女人。

男人说，以后别再穿制服了。

她愣了一下，疑惑地重复着：制服？

就是你的职业女装，不适合你。

她恍然，不禁失笑。

男人又说，小鱼，你很特别，

她注意到男人并没有说你很漂亮之类的话。

男人和于小鱼坐在一个单独的精致的玻璃茶几的两边。男人问，你喝点什么？

女人说，随便。于小鱼纵容自己跟一个男人在午夜单独在一起，享受快乐。他们彼此都是成人，彼此都知道将要发生的事，所以安静地等待着，顺其自然。

男人说，喝红酒怎么样？

女人说，随便。

男人拿来两个高脚杯和一瓶干红葡萄酒，还有冰块。

女人想，他倒会享受，一定是一个热爱生活的人。红酒只有加了冰块才能解酒的辛辣，以保证口感更纯正。

她对酒没有什么研究。她把玻璃杯擎在眼前，杯中琥珀色的液体，像血。

男人说，开始吧！

女人毛了，她的心"嘭嘭"地跳，说，开始什么？

讲讲你自己。

一刹那，女人呆了。不知怎么就想起了在飞机上看到的本市的报纸，上面曾报道本市发现一个变态狂，总是奸杀30岁左右的女人，然后肢解女人和身体，装入塑料袋，扔到大海中喂鱼。恐惧像潮水一样，一层一层包围过来，她透不过气来。就在现在，她又

一次懊悔自己的轻率。

她在这种情绪中逗留了许久

男人突然说,小鱼,你走神了!

于小鱼吓了一跳。

男人温柔地说,喝酒吧!来,让我们干杯!为了相逢。男人一饮而尽。又说:你不喝?醉了才有意思。

女人端起酒杯,轻轻地抿了一小口,心里说:我要保持清醒。

男人了解女人的想法似的,也不强迫她,自己倒是一杯杯地灌下去。

此时,他们不喝酒,也不说话,他们就那样对峙着。只有音乐像流水一般,哗哗地淌着,是蔡琴的一首《醉在你的怀中》。

反反复复地播放的都是这一首歌,大概正适合男人此刻的心情。于小鱼的心情却是复杂的、难以言说的。

她以前也听过这支歌,只是感觉没有今晚这么强烈,听起来异样而又特别。

有时在夜晚想的事,在白天看起来会很幼稚,很可笑。在夜晚想的一些事往往被放大、虚无缥缈。

男人已有了些微的醉意,酒精让他兴奋,他站起来说,让我们跳舞吧!

他搂住于小鱼纤细的腰。女人的腰肢很细,似乎随时会被他的大手扭断。她搂住了男人的脖子,在大厅里,脚不离地地跳,确切地,是晃。于小鱼的额头上渗出了细密的汗水,手心里也是湿漉漉的,她紧张。

男人嘴里的酒气呼到她的脸上,他贴近她的耳根说,小鱼,你其实需要男人去挖掘,使你成为一个真正意义上的女人。

于小鱼说,我不是女人?

他说,确切地说,你还不算一个真正意义上的女人。

这倒新鲜,说说看。

男人说,不用了,我来教你吧!

男人忽然停下,他趴在她的脚下,吓了于小鱼一跳,她想到了另外的一层意思。

她越来越觉得男人可疑,她急于摆脱目前的境地。

男人并没有什么意外举动,他只是从于小鱼的脚趾一路吻上去,到脸蛋,最后是头发。她努力控制着自己,尽量保持清醒。可是身体的感觉是本能的反映,舌头所到之处,是一阵晕眩。男人的舌头最后落到了她的嘴里,与她的舌头缠绕在一起,像水草,像两棵在空中接吻的树。男人是热情的、无私的、敏锐的,他知道女人此刻的感受。他的舌头像一条鱼,在她身体上的任何一个部位游走。有一刻,于小鱼已经放弃了对眼前这个男人的戒备,她的身体在逃避灵魂。她在快乐的同时感受痛苦。她想起她的丈夫,他从来没有这样的细致入微,也从来没有像这样好过。他太实在,在做这种事的时候,总是没有"前戏",也没有铺垫,她厌恶他那种程式化的东西,像工厂里的流水线,总是重复劳动。不知他此时此刻在干什么,是不是也像她这样。

她的身体背叛了她的灵魂,违背了她的初衷,这不是她真实的想法。

男人从后面抱住了于小鱼。

她的大脑飞快地转着,她艰难地理顺思绪,她要逃走。她推开男人撒娇地说:我要喝酒了,醉了才做。

男人宽厚地笑笑,耸耸肩。

她说,你眼里有一个小小的人影子。

他说,是你。你的眼中也有一个小小的人影子。

她说:是你。

他们继续对饮,一杯接一杯地喝着血一样的红酒,已不知是第几瓶,就是不醉。于小鱼咧着嘴,喝着那甜水一般的红酒说,再喝。

他们喝了一夜,外面已有了些微的光亮,于小鱼也有些醉意,即使她喝得很少。

男人枕在她的腿上,已经醉了,昏昏沉沉地睡去。

于小鱼轻轻地拍着他的背试探地说:我们再喝。男人昏沉地睡去的样子更像是一个孩子,这种感觉深深地刺痛她的心。

她其实并不能确定,男人就是那个变态狂。

当早晨第一缕晨光透进来的时候,她已经轻轻地搬开了男人睡在她腿上的那颗头颅，她的腿有些麻。她松了口气，趁着男人还没醒，她开始收拾东西，把男人送她的衣物收拾到一个袋子里，放在他的身边，唯独留下了那件黑色的吊带裙。

她心中再一次被一种柔软深深地刺痛。

她轻轻地掩上门，在最后的瞬间，她又回头看一眼睡在地上的男人，也许他是个好人，可是她……

走在街上，晨曦中，她又回头打量着院子。很精巧，还有一个小花园，种着一些叫不上名字的花草，这是典型的殖民时代留下的产物，在这个城市还有很多，斑驳的墙壁透着沧桑，处处透露出时间的痕迹，以及与众不同。

这是他在网上曾经说过的离海很近的房子。他曾无数次地说过，要带她去看海。

她走了，脚步仓皇，确切地说，是逃。男人并没有追出来。

过了些时日，她终于忍不住又来到这个海滨城市，潮湿、温润的气候，使她感到亲切。她又回到从前去过的老房子，房子还是老样子，只是房门已上了一把锁，锈迹斑斑。她失望至极。找人打听，人们都说不知道，说有一天，他突然走了，再也没回来。

一颗泪顺着她的脸颊滚落。

回去之后，她在网上到处搜寻他的踪影，可是她再也没有找到那个叫神雕大侠的网友，哪怕只是一个重名。她觉得自己一下子老去,身心极度疲倦,韶华不再。

她整夜坐在房间里不开灯,像鬼魅一般。想一些经年的往事。

后来她离婚了。

5

一年以后,于小鱼在街上偶然遇到安妮。安妮对她说,你真傻,过去了就算了,干吗要真的离婚呢?

于小鱼心如止水地说,我再也回不到从前,再也回不到当初。

旧爱如旧衣

1

利香去机场送朋友,淡淡的离愁,浅浅盈怀,女友只是哭,说她和那个男人一天都过不下去了,哭得利香乱了方寸,手足无措,不知道怎么去安慰她。

一回身就踩到一只穿意大利名品皮鞋的男人的脚上,那么好的鞋,棕色的、光可照人,踩上去的泥印愈发刺眼。利香还没有看清是谁,就手忙脚乱地翻包里的湿巾,对不起,我帮你擦一下吧?好不好?

及至抬头,就呆了,傻愣愣地看着人家,说不出话来,喃喃自语,怎么会是你?怎么会

是你？男人就笑了，说，利香，利香。

两个人默默相对，傻愣愣地看着彼此。利香从来没有像这么笨拙过，她说，小武，地球真的是圆的吧？眼泪忍不住就稀里哗啦地掉下来了。

小武拉住利香的手，狠狠地，再也舍不得松开，仿佛一松手，时间的轨迹又会滑至十几年前，那种不舍得放手的放手，刻骨铭心啊！小武说，还等什么？跟我走啊！利香说，我来送朋友的，回身去找，哪里还有朋友的影子？早登机走了。

小武牵着利香的手，去离机场最近的一间酒店，利香的脸就红了，小武不再是十几年前，见到女生就鼻尖冒汗的小武了，男人长大了，是不是都很坏？利香也不再是十几年前青柠檬般的小女生，小武带她来这种地方，她自然要往歪处想。

利香不安地想把手抽出来，可小武抓得紧紧的，就是不肯放，看着她，脸上绽开一个坏坏的笑。

小武并没有去前台开房，而是牵着她穿过前台，去了酒店里的咖啡厅，利香的心落了地。咖啡厅里放着一首舒缓的老歌《昨日重现》，很适合此时的心境，利香用银匙轻轻地搅着杯里的咖啡，低垂着眼睑，小武拖过她的手，把她手里的银匙夺下来，轻轻地放回杯中，才缓缓地问，你过得好吗？利香点点头，说好，眼泪不知为什么又漫了上来。小武抹掉她脸上的泪，笑容暖暖地问，好就好呗，哭什么？利香抬眼看他，你呢？他直视着她的眼睛，半晌才缓缓地摇了摇头,很坦白地说,不好。想你。

利香端着咖啡的手就不动了,停在半空中,心中的湿润渐渐舒展开来,自己又何尝不是?这么些年,他像一个影子一样,一直生活在自己心底的某一个角落里,只是她没有勇气像他这么勇敢和坦白。

2

十几年前,利香和小武在同一个城市的两所大学念书。利香的学校在城西,小武的学校在城东。那时候才十几岁,真年轻啊!小武跟同学去利香的学校玩,在学校的广播里听到利香在朗诵余光中的诗,声音纯美中透着安静,能够抚平人心中的毛躁。小武傻掉,站在学校的操场的大太阳底下,听了半天,未见其人,先闻其声,利香那时就植根在小武的心中。

星期天,小武总是骑着一辆宿舍里公用的破自行车跑去找利香,两个学校隔得远啊,骑自行车得跑两三个小时,加上自行车太破了,常常是下了自行车,连路都不会走了。可是为了见利香一面,什么都是值得的。

那时候没有手机,电话也不是很方便,宿舍楼里只有传达室里一台老式的摇把电话,因为懒得去看那个阿姨极不耐烦的卫生球眼,所以宁愿绕远路碰运气。运气好的时候,能够很顺利地找到利香,两个人跑去学校的图书馆,找个安静的角落看书。

爱情其实就是一些细碎的细节散落在时光里，令彼此心跳和幸福。有一回小武感冒了，利香去医院买了些白色的药片和水果去看他，碰巧他去医务室打点滴，利香就坐在他的宿舍里等，一直等到暮色四合，小武才回来。说了两三句话，利香就要回去，因为回去晚了，宿舍楼下的大铁门锁了。

小武坚持要送他，电车上风很大，从窗口穿过，空气里有咸腥的味道，一闪一闪的光影里，小武勇敢地抓住了利香的手，两个人都不说话，但心跳的感觉彼此都能听到。回到宿舍，果然锁门了，利香不知哪里来的勇气，平生第一次从3米多高的大铁门上翻过去，惊险、刺激、心跳，几乎要晕眩过去。翻大门的时候，利香想到小武，只怕他也要像自己一样翻大门才能进去吧，嘴角忍不住牵出淡淡的笑意。

毕业前夕，小武来找利香，利香掏出一副亲手编织的手套送给小武，小武拿在手里，反反复复地看着，两个人都不说话，忧伤像水一样漫上来，横亘在两个人中间。在毕业分配面前，爱情似乎太渺小了，无法与另外一种意志抗衡。

3

小武说，好像是前年，前年冬天，刚回到这座城市，夜里下班，碰巧车又坏了，坐电车回家。夜风从窗户进入，拂面而过，恍惚记起那年，毕业分配前夕，我送你回学校，也是这样的时节，在电车上,你哭得绝望,我却心有余而力不足,那时候真恨自己啊!想着、想着,眼睛就潮湿了,电车闪过的时候,忽然瞥见车下一个女子的身影,像极了你,我的心莫名地慌张起来,车一停,就跳下去往回跑,跑到跟前叫利香,谁知那女子反应极强烈,尖叫一声臭流氓,我吓得落荒而逃。

利香和小武都笑,笑着笑着,笑容底下就有了湿润的意味。利香说,我也找过你,可是人海茫茫啊!

小武就握住利香的手说,我再也不会让你就这样从我的眼皮子底下走掉。利香把头埋进小武宽大的手掌心里,哭得一塌糊涂。

都快奔四的人了,遇到前情,忆起旧事,仍然激动得不能自已。

有一次小武和利香在繁华的商业街上走,小武给利香讲了一个笑话,笑得撑不住时,利香看到一张素冷的脸晃在面前,定了定心才看清,是一个极清秀的女子,轮廓有几分像自己,衣着服饰极有品味。两个人站定,女子说,小武,不给我介绍一下吗?这就是你的客户吗?

小武的脸就开始不停地变换颜色,红了白,白了红,他指了指利香说,我朋友。又指指女子说,我妻子。

利香不知说什么好,尴尬地站在那儿,那女子却极其刻薄地讥讽,上床的朋友吧?利香闭了一下眼睛,努力保持镇定,她并不

想被人当成争风吃醋的第三者,在街上大打出手。事实上,她跟小武,除了牵过手,这么多年来还真的没有什么事儿。

谁知小武不怒反而笑了,说,是上床的朋友,你满意了?女子恶狠狠地看利香,又看小武,丢下句话,小武你够狠。

说完头都不回地转身走了,一边走,一边用手抹泪,利香看着她的背影,心里堆起了满满的酸楚,这个女子也是在爱着的,她爱小武。

4

小武和妻子最终还是离婚了,电话里,小武把这个消息告诉利香时,并不见得有多少喜悦,相反却透着疲惫和沧桑,利香的心里就有了隐隐的伤痛,原来爱也是可以伤人的。

那女人并不是一个多势力的女人,但是离婚的时候,还是分了小武一半的财产,账算得很细,连家里的卫生纸都数好分过。小武的产业其实并不是很丰厚,但因为觉得欠了女人的,所以在财产上并没有过多的计较。

半年后,小武向利香求婚,利香说,我还没有准备好,小武就笑,十几年了,你还没有准备好啊?我现在可是只有你了,你不能没良心也不要我啊!

利香的心里有了暖暖的东西在积聚,初恋能修成正果的少之又少,她和小武分分合合十几年,走到一起岂止是不容易,简直就是奇迹,所以利香答应了小武。

新婚的激情之后,日子逐渐平淡下来,近距离的相处,才发现很多东西跟当初想象的不一样,甚至相去甚远。

小武喜欢热闹,隔三岔五招集一些朋友在家里聚会,可是利香天性安静恬淡,不喜欢把家里弄得乌烟瘴气。刚开始小武的应酬,利香还勉强参加几次,后来就不能忍受,要么找个无人的清静之地躲出去,要么跟小武谈判。小武说,这些旧习惯,在我做生意之前就有,这么些年一直沿袭下来,你得给我时间,让我慢慢疏淡。

一个问题没有解决,利香又发现小武另外一个问题,他的前妻经常为一点小事情就把小武招去,小武因为觉得亏欠前妻的,所以有求必应,利香也不好说什么,离婚并不意味着割断了所有的一切,其中还有千丝万缕的联系是割不断的。比如孩子,比如小武的父母,一直还当小武的前妻是儿媳。

时间久了,利香有了错觉,觉得自己在给小武做小,他们之间的亲密和默契远在自己之上。而小武也发觉自己和利香相处不来,利香喜静,自己好动,生意场上的事情,利香从来不管,连起码的应酬她都不爱参加,小武觉得利香安静得有些冷漠和自私。

两个人在矛盾中挣扎着,努力维持着表面上的和气与繁华,内心里看不到的潜流却在澎湃。有一次小武流连在前妻处酒醉未归,利香终于忍无可忍,提出离婚。

小武没有反对，令利香有些心凉。从办事处出来，各奔东西之前，小武捉住利香的手，将一张金卡塞进她的手里，小武忧伤地说，利香，真的舍不得你走，真的。以后遇到难事还可以来找我，我永远都在的。

利香就哭了了，哭得稀里哗啦，为什么明明彼此相爱，生活在一起却那么困难？与其如此，还不如把一些东西保留在记忆的底片上。

后来，利香因为急着用钱，想到小武给的那张卡，去银行一查，有几十万之多，利香的心中有一股暖流涌过，小武是个好男人，前后两次离婚，两个女人几乎分掉了他所有的财产。

利香呆在街头，不知所措地想，旧爱如旧衣，总是会散发着旧时光的味道，穿又不能穿，弃之又可惜。那时候，正是暮色四合时分，利香的眼睫湿漉漉地纠缠在一起。

爱情的因果

1

小茜是个好看的女子,眉眼清晰,十指如笋,长发,小蛮腰,就是有那么一点点的冷漠,我不问她话的时候,她坐在那里不出声,默默地吸一支白色过滤嘴的七星烟,缭绕的烟圈,一圈一圈地扑向我的脸,仿佛有许多心事。

我触摸着小茜的发梢,问她,怎么干了这个?小茜嘻嘻笑着说,家里穷,又没有做高官的爹,我又是那么喜欢奢华享受的腐败分子,所以干这个挣钱快。我知道不能把她的话当真,这样年轻妖娆的女孩子,嘴里能有几句真话?

但我还是对这个第一次见面就跟我上床的女孩说,我手里还有几文钱,想来够你买胭脂花粉了,别再干了,找个地方养老去吧!

小茜爬上床,缠绕上来,嘴角牵出一抹不屑和嘲讽,逼视着我的眼睛问,你能有几文钱?5万?10万?这点钱就想买断我一辈子?我亦冷笑,我的钱虽少,但每一分都是干干净净,清清爽爽。

不成想这句话深深地刺激了小茜,她拎起包,扭着小蛮腰,头都没回地走了。

2

从医院里出来,我当真有些万念俱灰,辛辛苦苦经营了七年的小公司,一夜之间被一个新加坡人骗光了大部分,七零八碎地折算下来,所剩无几,女友跟着一个香港鬼佬逃之夭夭,撇下我孤家寡人,清汤寡水,安分度日,好在我的岁月所剩无几,用不了多久,或许真的落一个赤条条来去无牵挂。

小茜隔了两日没来,想不到第三日又来了,带来了泰国香米,越南芒果,还有两本王小波的书。我忍不住笑了起来,想不到这死妮子还读书,而且还蛮有品味,原以为她只知道南非的钻石、法国的香水、尼泊尔的小饰品,那种女人,读书有什么用?只要会花钱,只要像青蛇一样会迷惑男人就好,偶尔也沾点书香气装点门面?反正我是越来越不懂现在的女孩了。

笑什么笑？还不起来煮饭给我吃？小茜坐在沙发上微嗔，眉似春山蹙秋水，眼里似笑非笑，这样的女子，唉，我叹了一口气，她长长的指甲染了绿色的蔻丹，用中指点着我的额头。是了，这样的女子，十指不沾春水，哪怕我就算快死掉了，也要爬起来自己煮饭。

3

我和小茜过上了柴米油盐的烟火生活，她像聊斋里的狐仙鬼魅，凭空闯进了我的生活里，我奢想起柴门掩雪，红袖添香夜伴读，每一个男人都想要的那种理想的生活，然而我知道，这不可能，每一次透析要花很多很多钱，我的生命要靠这些钱来铺陈，我的荷包终有一天会空，小茜这等红尘中的女子怎么会跟着我甘守清贫？她终究会离我而去的。

我31岁了，还没有结过婚，好人家的女孩儿，我是不敢耽误的，所以千挑万选，选了小茜，哥们张北卫说她是一个好女孩，红尘里滚来滚去的女子，精明过人，和她一起过一段没有爱，没有婚姻，但却有家的生活，她必然也会称斤称两地算计着得失。小茜真的不是一个好的良家妇女，这个昼伏夜出，把烟与酒当饭吃的女子，从一开始就规定我不许干涉她的生活和私事。

看着她吸烟的姿势，两只纤长的手指捏住一支白色的烟，微眯着眼睛，风尘味就流溢出来，这个时候，我真的很想骂她。

4

去家附近商场里的自动提款机里取钱,一张薄薄的卡,里面的钱越来越少了,真不知道自己还能撑多久,如果让我再次碰到那个新加坡男人,我会揭了他的皮。我有些忧伤地想,自己太善良了,那么轻易地相信人,是不是有些愚蠢?

偶一回头,竟然看见小茜,她站在扶梯上翩然而下,她的旁边站着梅朵,这个丫头我是认得的,是她的姐妹,还有一个男人,大腹便便,气宇轩昂,一看就知道是个见过世面的主。小茜手里挂满了纸袋,纸带上面写满了花花绿绿的洋文。一看就知道是价格不菲的名牌服饰。

我冷笑,这个不甘寂寞的女人,身边怎么会少了男人?如果不花男人的钱,是不是会枯萎?

回到家里,没有小茜的影子,这个女人不知道又在哪个男人的怀里,其实她在我的怀里,和在别人的怀里又有什么分别呢?为什么?我会这么生气?

半夜,小茜幽灵一样推门进来,挟带着满身的酒气,她坐在床边看我的脸,我佯装睡熟,但却能感到如刺在背的光芒。我坐起来,冷笑,舍得回来了?有那么好的男人,舍得大把地为你花钱,买那么多名牌衣饰,还回来干吗?

小茜不怒反乐,怎么听起来有酸溜溜的味道,在吃醋啊?是不是爱上我了？可是早就说好了的,在一起,不为爱,更何况我也看不上你那穷酸的样子。

我气结,男人的尊严就这样被这个不知天高地厚的丫头肆意践踏在脚下,那晚我不知道为什么会发那么大的脾气,我指着门对她吼,有钱的男人有的是,你找去吧,门在那边,不送。

小茜冷漠地看我一眼,摔门而去。

5

也有相处很好的日子。黄昏,斜阳,光线渐渐暗了下来,我和小茜坐在露台上,看远处城市暗淡的光亮,看天上一弯朦胧惨淡的白月亮,风吹着身后的窗纱,轻轻飘来飘去,我和小茜煮了雨前明茶,茶叶碧绿地站在透明的杯子里,像春天的颜色,有一搭无一搭地说着一些陈年旧事,小茜说她风月场上见过的虚伪男人,我则说着商场上那些血雨腥风吃人不吐骨头的岁月。

有一刻钟小茜不说话,呼吸均匀地散落开来,月光如水,轻轻漫上她的脸,我甚至能看见她长长的睫毛卷曲的倒影,那一刻我有了错觉,觉得和小茜像一对经年的夫妻,日子过得久了,一切都有了默契。

我回屋拿了薄薄的毯子盖在她的身上,她醒过来,不好意思地笑,说,睡着了,辜负了这么好的月亮和夜色。

那时候,她放在藤椅上的手机忽然叫了起来,在深夜里,格外的刺耳,把我们都吓了一跳,她拿起来听着,听了很久,没有回应一句,末了,她说,好,马上就过去。

小茜像一阵风,从我的梦中穿过,留下我,躺在床上,翻来覆去睡不着,想着今夜,这个女人不知道又在哪个男人的怀抱,我的牙齿咬得咯吱咯吱响。

6

小茜一连三天没有回来,给她打电话,她说她很好,住在香格里拉顶层,我去找她,发现她跟那个新加坡人在一起。我冲过去揪住那个人的衣服领子,低吼,你这个骗子,看我今天怎么收拾你。那个矮小的男人长得有点像马来人种,那张脸看不出表情,他说,能怪我吗?要怪只能怪你的EQ太低。我说好吧好吧,今天就可以让你见识见识什么是高智商,我一拳抡过去,那个新加坡人赤面开花,鼻血直流。

还想再给他一拳,小茜打电话把保安叫来,小茜竟然用英语对那个保安说,这个人脑子有问题,把他带走。我瞪着她,恶狠狠地,有两秒钟,我啐了一口,天,知道什么叫有奶便是娘吗?这个女人就因为我没钱而投入这个混蛋的怀抱,怪不得俗语说,唯女人与小人难养也,看来果然不假。

我一直走到大门口,小茜都没有再看我一眼。我停下来,附在她的耳边说,这个男人在床上比我厉害吗?

小茜脸色苍白地看着我,半天,从牙缝间冒出两个字,混蛋。我听了,忍不住笑了起来,对着小茜的脸说,知道吗?你是一朵鲜花,可惜插到那个什么上了。

踉跄地奔到门外,像喝醉酒的感觉,被寒风一吹,我清醒了大半,有一种想哭的冲动,从胸腔望上涌,我算他妈什么狗屁男人。

7

平安夜,窗台上那盆水仙终于开花了,满屋子都是香气,这是小茜亲手种下的。我闭着眼睛,深深地嗅着那些花香,小茜缠绕上来,她的手柔若无骨地在我的肌肤上行走,她的气息在我的耳边痒痒地游移,我听得见自己心跳的声音,血液向着周身的一个方向奔走,我听见自己说,茜,我爱你。

我睁开眼睛,灯光昏黄惨淡地亮着,我知道这不过是个幻觉,除了最初在酒店开房的那次,我要了她,除此之外,我再也没有碰过她,不是我不想,只是心有余而力不足,透析已经快要了我的命,我哪里还有精力再做男人。所以我一次次地伤她,明明知道那些衣饰是她帮梅朵拿的,却偏偏要冤枉她,那时候,其实还有一个人比她的心更疼,那就是我,我只是想逼她快些离开我。

平安夜,外面是一片祥和的氛围,唯有我躺在这冰冷的屋子里,内心里一片混乱,想着小茜,她睡着的样子、她吸烟的样子、她和我吵架的样子。

午夜,来了一个意想不到的客人,小茜的姐妹梅朵裹着雪花走进来,她坐在小茜惯常坐的椅子上,搓着手说,是小茜让我来看你的,她跟着那个男人走了,刚上的飞机。

　　我哼了一声,问她,和我有关系吗?梅朵笑了,说,当然有。多年前,你跟旧女友还没有分手,她就爱上你,这个死心眼的丫头,看着你身边的女友一个又一个,就是笨拙得冲不上来,她说,看到你就心慌,说不出话。

　　我无语。梅朵说,小茜说她会回来的,等她找到那个男人骗你的证据,因为她肚子里有了你的孩子。

　　我低着头,忽然觉得有一股热流直抵胸腔,我努力地抑制着。

　　种下爱情的因,结出爱情的果,只是这一粒果实,让我觉得那般苦涩。

雪花之吻

1

在这个有着上百家公司的大厦里,两个人相遇的几率并不是很大,但我和皓东却常常会遇到。

一天早晨,上班高峰,在电梯里,我看着皓东的背影发呆,忧伤地胡思乱想着,皓东一转身,结结实实地踩了我一脚,我疼得龇牙咧嘴,低头看到我漂亮的白色鹿皮小靴,清晰地泛起了一个泥印。

我瞪他,他很无辜地看着我,眼神温凉如水,慢慢把我包围得水泄不通。

他是18楼那家财务公司的,我是17楼

一家广告公司的,有时我们也会在公司楼下的大餐厅里遇到,他端着托盘坐到我对面,和我说一些无关痛痒的小笑话,一起吃难以下咽的工作餐。

我怎么也没想到,紫会到公司来找我,她穿着一件紫色的吊带小背心,衬得身段玲珑有致。她在餐厅里一出现,立刻就吸引了很多人的目光,特别是男人,当然也包括皓东。

我以为我关掉手机,从她的公寓里搬了出来,就会从她的世界里消失。我恨这个女人,她像一个女巫一样,三言两语,把一段我苦心经营了半年、自以为坚不可摧的爱情毁于一旦。她玩着手里的一只磨砂玻璃杯,笑道,你不过是爱上了爱情本身,那是两个寂寞的人的寂寞游戏。我讥讽她像那只传说中的狐狸,吃不到葡萄说葡萄酸。

其实我们不是一样的人,她冷静锐利清醒,我单纯糊涂混沌,可是我们在一起整整住了4年。我不喜欢她的台湾男人,不喜欢她终日穿着紫色的衣服,不喜欢她海藻一样卷曲的长发,那种世俗的美尽管很耀眼。

她能找到这里,我并不吃惊,她是我生命中的劫,这辈子只怕都甩不掉她。她还是那样我行我素,掏出一支骆驼点燃,并不吸,然后看着我说,这么快就找到新的爱情了?一边回头漫不经心地打量着皓东。

我白了她一眼,把她拖到一边说,别在这儿胡说八道,人家可是好男人,别吓坏了人家,快走吧!

紫并不生气,她说,我的饭店下周日开业,这是请贴,你去不去自己看着办吧!

紫走的时候,皓东的目光饶有兴致地追随着她,他问我,你怎么会有这样的朋友?我摇了摇头。

2

皓东打电话来问我,周日去不去参加紫的饭店开业庆典,我的心中有一丝空落落的难受,我很喜欢这个男人,可是紫的出现,让他像一只飞蛾,看到了火的光亮,我无法遏制地感到受伤,紫这个女巫,她一定是会妖法的。

本来我是不打算去的,可是因为皓东想去,我想让他看到紫更为真实的一面,彻底地灭掉他的幻想。

紫的饭店开在城里最繁华的路段,她还是那么喜欢杯子,饭店墙上唯一的装饰,是精心打造的一些木头格子,上面摆放着造型别致的玻璃杯。

那天,宾客很多,她像一只紫色的蝴蝶,穿梭在人群中,恰到好处地微笑,礼貌周到地应酬着每一个人。她挽着那个台湾男人的手臂,俨然一对父女,但很多人都知道,其实不是。

皓东在我身边唉声叹气,连说可惜,最粗俗的比喻是,一朵鲜花插在了牛粪上。我看着他淡淡地笑,你认为可惜,她却认为这

样最好,这是价值取向问题,你不会不懂,再说了,谁规定一朵鲜花不可以插到牛粪上?

皓东被我问得张口结舌,答不上话来。于是躲在角落里,埋头喝酒,我看了心中很难受,不知不觉中我喝多了,模糊记得皓东问我,我们悄悄地溜走吧?我胡乱地点头,然后放肆地笑。

醒来的时候,是在一个陌生的环境中,大的落地窗前洒满了阳光、书、碟片、绿色的植物。那张床真的很舒服,软软的床垫,纯白的亚麻床单,我贪婪地嗅着枕头上熏衣草的香味。

吃早餐的时候,皓东说,你那个朋友,紫,你离她远点吧。我笑,你怕我被她带坏了?我又不是你什么人,要你管呢?皓东坏笑,快了,你急什么啊?

吃完东西我看着皓皓东说,你别那样说她,我刚从外语学院毕业后,很长一段时间没有找到工作,一个人在这个城市里漂着,连住的地方也没有,是她收留我,此后好几年,我都是和她在一起相依为命,她吃一个苹果,都会留一半给我,她对我很好,所以请别那样说她。

不知道为什么,对于紫,尽管我非常不喜欢她的生活方式,但仍然不愿意听到别人在我面前说她的坏话。

3

这一次我真的掉了进去,我爱上皓东。逛街的时候,会给他买很多东西,衬衫,睡衣,拖鞋,喝水的玻璃杯。紫叹气,你为什么总是分辨不出真假呢?真是一个水晶心肝玻璃人,皓东对你不是真的,他只是逢场作戏,你太容易掉进感情中,太容易受到伤害。

我冷冷地说,你嫉妒吧?有得必有失啊,你跟那个台湾人,他有很多钱,可以给你很多物质,就不必再要青春和爱,皓东他不适合你,我知道你去找过他,你以后别再纠缠他了,放过他,放过我们,好不好?

紫的脸色惨白,我去找他,只是让他离你远一点,不是你想的那样,那种感情游戏不适合你。

我冷笑,皓东不是你说的那个样子,他是个好男人,那个晚上,他有机会要我的,可是他没有,他不是你说的色狼,我比你更清楚。

紫被我气得笑了,一个人对窗子很大声地笑,然后眼中有泪慢慢落下来,我吓坏了,不知所措地拥住她,她伏在我的肩上,有泪滴进我的衣服里,她说,雪儿,雪儿,你是我心头的疼痛,无法割舍,也无法抛弃,原谅我。

我哭了,这个世界上,除了父母,就只有紫对我好,我怎么会不知道?我沉浸在一种茫然的情绪中,忽然觉得肩头一疼,原来紫在我的肩头狠狠地咬了一口,我疼得丢下紫,看伤口已经渗出了血渍。

伤口结痂脱落之后,留下了一排密密的齿痕,那是紫的作品,

像一只蝴蝶停在我的肩头。

4

周六打电话给皓东，约他一起去逛街，他说要加班。我只好一个人非常郁闷地在街上到处逛，收到紫发来的短信，她说，我在皓东家里等你。

我明白紫是在帮我做爱情测试，这个小女人疯了，我急忙赶到皓东家楼下，果然看见紫白色的跑车泊在那里，我有些怒不可遏。

三步两步窜到楼上，刚要敲门，忽然听到紫说话的声音，软软的，很娇媚，说你究竟喜欢我什么？皓东说，你比她漂亮，你比她解风情，她是个容易认真的人，谁被她爱上就惨了。

我听到心中有一种东西碎裂的声音，像紫发脾气时，摔她那些心爱的玻璃杯时发出的声响。

我在门外站了足足有5分钟，慢慢调匀了气息，然后敲门，紫和皓东一起出来，皓东看到我，呆住了，平常的洒脱全不见踪影，他把我拉到一边说，雪，听我解释，我和她只是逢场作戏。

我甩掉他的手，笑，笑成了一朵带露的栀子花，我知道你是做戏，你不去演戏，真的是很浪费，你有行为艺术家的天分。然后我看到皓东眼底有一抹凌厉的疼，让我觉得很痛快。

然后我回头看紫，她一句话都没说，她牵着我的手下楼，像那年我在街上迷路，被她拣回家里。

她领我回到家里,然后看我的眼睛,她的目光令我心惊肉跳,她说,雪儿,我喜欢你,这么多年了,你真的不知道吗?男人没有一个好东西。5岁那年,我在门缝里看到我父亲在床上压住了母亲,我母亲在父亲的身下挣扎,扭曲的脸非常可怕,仿佛世界末日。从那时起,我就开始痛恨男人,男人让我觉得厌恶,本能地排斥,包括那个台湾男人,我跟他在一起,不过是为了积攒一点钱,为我们的将来做一些打算。

在她的目光逼视下,我一直后退,一直退到窗边的白纱窗帘下,再也没有退路,我恐惧地盯着她,有气无力地说,你怎么可以爱我?你可不可以不爱我?

紫冷笑,看着我,一件一件把衣服脱下来,我吓得战栗不止,本能地喊,不要!求你不要。

紫笑,像一朵盛开的白莲,她脱得只剩下一抹白色的文胸,然后牵着我的手,按在她的胸口上,我的心都要破腔而出,闭着眼睛不敢看她,她说,乖,你睁开眼睛看看我,我缓缓地睁开眼睛,一下子傻了,紫的胸前,双乳之间,文着一朵刺目惊心的雪花。雪花的花心有两个小小的字:雪儿!

我手脚冰凉,大脑一片空白,下意识地喊了一声不,夺门而去,一口气跑出去很远,跑到一棵树下,我泪流满面,那些细碎的花瓣轻轻地落在我的头发上肩上。

不是不爱,爱是伤害。

限时恋爱

1

赵荻是一个纤瘦美丽的女子,戴眼镜,有些书卷气,在一家外资广告公司做创意总监,3年前就拿到年薪10万元,是标准的城市白领阶层,这样优雅、从容、智性的女子按说不会有什么烦恼,穿着名牌时装,出入高级购物休闲场所,出入有车,安居有房,是普通人眼中艳羡的讲究品味生活的一族。

然而,已经28岁的赵荻,情感生活竟然一片空白,青春渐去渐远,情感尚无以为寄,有一种叶落飘零的感觉。

她从事广告行业已经快6年了,从来没

有感到像现在这样力不从心,也从来没有感到像现在这样压力越来越大。随着从业人员的不断增加,有潜力有势力的对手不断加入,竞争越来越激烈。她几乎每天伏案工作10个小时以上,路上奔波两个小时,几乎没有时间和朋友们喝咖啡闲聊,享受轻松闲散的生活,当然更不可能时时出入高级购物休闲场所,忙得没有时间谈一场恋爱,忙得没有时间陪父母吃一餐晚饭。

婚恋大事成了她父母如鲠在喉的鱼骨,不吐不快,不停地唠唠叨叨地催问:"情况进展如何?小荻啊,一个女人事业做得再大,也不算成功,她的幸福是在厨房里,为心爱的人煲一碗汤,为亲爱的小孩添一碗粥,她的幸福就是有一个温暖的家。"

赵荻听了,心中更加赌得慌,不是她不想恋爱,她不是不婚族,她也没有不良嗜好和其他毛病,她只是没有时间去谈一场耗费时间、心力、物力的恋爱。

之前,她曾有一个不错的男友人选,是在一次商务派对上认识的,叫程小鹏。论学识、论能力、论才干,都在赵荻之上,长相也说得过去,说话特别幽默,逗得赵荻一次次忍不住笑出来。

但程小鹏天生是个浪漫多情讲究情调的男人,4月时节约她去西塘赏樱花,雨季里约她去郊外草屋听雨声,月光下散步,海边相依,繁多的花样弄得赵荻手忙脚乱,无从应对,几次爽约之后,程小鹏非常不高兴,很正式地跟赵荻谈了一次,问她每个星期可不可以拿出固定的时间与他约会,这个问题难住了赵荻,不是她

不想,花前月下,谈谈情,跳跳舞,白痴才不想呢,只是她除了工作还是工作,每天加班,还要应对老板的随叫随到。

这段感情勉强维持了一段时间,程小鹏先是不肯放弃赵荻,每天不断地给她打电话,发手机短信,期待感动她。上班时间赵荻根本不敢接他电话,只好把手机打到震动上。有一次老板正在开会,一个做了很久的大客户被对手撬掉,老板非常生气,正在发脾气,赵荻的手机不合时宜地响了起来:土豆、土豆,我是地瓜,快接我电话。

老板当即大发雷霆,指着赵荻的鼻子骂:"赵荻,你别以为你是公司元老,我就不敢开除你,如果你有比工作更重要的事儿,那么麻烦你请便。"赵荻的脸,最后由红变紫变青至灰白。

回到家里才发现,手机原来是被淘气的小侄女设置成这样,当然,如果不是程小鹏太过频繁的电话骚扰,也不会出现此种意外事件。为了工作,她主动放弃了这段感情,尽管有不舍、尽管流过眼泪、尽管有些遗憾,但是商业社会,谁会为了爱情而失去一份苦挨了四五年才得到的职位呢?商业社会,再伟大的爱情也只能退居其次,忍疼割爱。

有一次,去别家公司办事,因为不是很着急,她搭乘公车,在双层的士上,她忽然觉得心情前所未有的放松,伸手去够树上的叶子,看街景匆匆闪过,看小恋人牵手穿街而过,分享一个纸杯里的可乐。那么平常的生活,她看得感动不已,一颗干枯脆弱的心渐渐被润湿。经过不老街的时候,她忽然看到了程小鹏,他的臂弯里,揽着一个妩媚、俏丽的小女人,手伸进他的口袋里,依偎着站在一个摊子前买糖炒栗子。

她忽然情绪失控,哭得停不下来,这份平常的幸福原本是该属于她的,可是为了工作,她竟然失去了这份幸福,失得理所当然。

其实她亦明白,有得的时候,自然也会有失,这个道理,她怎么会不懂?她明白,和程小鹏再纠缠下去,也不会有结果,再让她选择一次,她仍然会选择工作,可是她为什么会觉得失去得那么不甘心呢?

2

有一天,赵荻去歌厅找正在陪客户应酬的老板处理突发事件的时候,遇到辛小强。他是她们公司楼下那家律师事务所里的律师。常常碰面,但彼此却没有说过什么话,至多点头打个招呼,可以说是熟悉的陌生人。

辛小强跟她打招呼,说:"嗨,想不到会在这儿遇到你。"赵荻说了你好之后,就站在那儿不知所措。这个男人很帅,英气逼人,赵荻不敢直视他的眼睛,心中暗想,他的身边肯定不乏追求者,肯定是被女人宠坏了的那种男人。

彼此交换了名片之后,辛小强很随和地说:"以后叫我小强就

可以了,今天是我生日,肯不肯赏光陪我喝一杯?"

赵荻歉意地说:"谢谢你的盛情,你有那么多朋友陪你,不差我一个,再说我有公事在身,回去晚了会挨骂的。"辛小强眯着眼睛看着她,笑意盈满了眼睛:"一看你就是个不会撒谎的孩子,这么晚了,天都黑了,你还有什么公务啊?"说得赵荻脸"腾"地一下红了,像着火一样。

聚会上,别人都抱着麦,情深意切地唱,而赵荻和辛小强一人抱着一罐啤酒一听一听地灌下去。强劲的背景音乐,他们像吵架一样聊天,辛小强问她男朋友在哪儿高就?赵荻自嘲地笑道:"嘿,我这样的女人,风花雪月的浪漫情事与我不搭调呢!每天睁开眼睛就是工作、工作,像一只一刻都不能停止旋转的陀螺,工作是我的宿命。有时候,我很羡慕那些可以扯着男朋友的手逛街,受了委屈,男朋友可以为她擦眼泪的女孩,那些平常的幸福是我的理想,可是我总不能为了这样一份幸福而放弃工作吧?如果失去了工作,我一样会羡慕那些朝九晚五,和男人一样打拼天下的女子。人就是这样,是一种很奇怪的动物,也是贪婪的动物,没有的,才是最好的。没有的,才是想要的。"

辛小强偏着头,注意地倾听,他对她喊:"你的想法和我不谋而合呢!你像一本书,让我好奇。"

赵荻知道辛小强对她有好感,这好感不是源于今天晚上的偶然碰面,而是很久之前,他们经常能在大厦一楼等电梯的时候遇到,然后乘同一部电梯去各自的办公室,时间久了,竟然像有默契似的,每天早晨,他和她总是前脚后脚进电梯间里,如果哪一天没有碰到,她就会隐隐地担心、猜测,是生病了还是出差了呢?尽管如此,但却从来没有说过话,她的眼神掠过他的时候,他总会平静地点点头。那种相知让她的心很抚慰。赵荻对她的印象一直非常好,但碍于情面谁也没有点破。

那一晚,因为偶然的机缘,辛小强和赵荻聊了很多,关于人生、事业、人情冷暖,他们聊得非常投机,有些相聊恨晚的意思。

最后,辛小强狠狠地把一罐啤酒灌下去,似乎下了很大的决心,转头问她:"我们都是非常忙的人,没有时间和精神做一些工作之外的事儿,你敢不敢和我玩一回限时恋爱?"赵荻瞪大眼睛盯着他,看得他有些发毛,他睁大眼睛问她:"怎么了?就算我说错了,你也不用这么看着我啊?"赵荻"嘎"的一声笑出来,说:"那些暗恋你的,明恋你的女人还不拿刀宰了我?"他把空啤酒灌狠狠地掷到角落里,说:"呵呵,我倒盼望着你说的是真的。"他们互相调侃,互相开涮,快乐得脸蛋绯红。

辛小强贴着她的耳朵吼:"你还没说到底敢不敢呢。"赵荻喝多了酒,撑着桌子,醉眼蒙眬地笑:"这有什么不敢。你说吧!从什么时候开始?"潜意识里,赵荻不想傻乎乎地失去这次恋爱的机会,毕竟对方是一个能够理解她体谅她的男人,跟她一样忙碌,更何况她对他的印象还不坏,甚至相当不错。

两个人一拍即合，躲在角落里，避开众人的视线，臭味相投地商讨起限时恋爱的规则和盟约。

辛小强涎着脸问她："要不要签一个正式的文本合约？"赵荻摇了摇头笑道："我们口头约定，击掌为盟，好不好？"辛小强点头表示赞同。

3

清晨起床后，酒醒了大半，赵荻头痛欲裂，想起昨夜跟辛小强的口头之约，不禁吓了一跳。自己怎么这么荒唐，怎么这么轻易就答应了辛小强的限时恋爱条约呢？

双方口头约定：限时恋爱，为期半年。合则留，不合则散，不准彼此纠缠。

赵荻有些后悔自己答应了辛小强的限时恋爱，传出去会被朋友们当成笑柄，到那时，情何以堪？她抓起电话，给辛小强打电话，他开玩笑地问："你是想反悔吗？口头合约也是有法律依据的，别忘了我是干什么的。"赵荻也笑了："说，我忽然想起来，你比我小一岁，不可以作为反悔的理由吗？"

辛小强像哄小孩子似的，央求她："你就试试吧！说不定你会发现，我是一个很好的男人，不错的恋爱对象呢！"她被他的口吻逗得乐了，心中温软地动了一下。

一个阳光明媚的下午，两个人把各自不多的东西搬到一个共同租用的狗窝里,算是限期恋爱的一个活动据点。

有时候距离不仅仅产生的是美感,也会产生朦胧和迷蒙。两个人相处得再好再亲密无间,也会有粉饰和伪装的一面,只有近距离的相处,才会揭开那层若有若无的面纱,才会了解一个人的真实性情,既然有这样一个机会,试试也不妨。

搬过去那天,父母骂她,骂得很凶:说这个死丫头疯了,花心的男人当然都喜欢限时恋爱,以恋爱的名义可以开始一段又一段名正言顺的恋情,谁会在那么短的时间里决定是不是要和一个人结婚?要不要和一个人恋爱?到时候,你被人家破抹布一样丢出来,还不得吊死在城门楼子里啊?到时候后悔就晚了,干什么不好,偏偏学人家搞什么限时恋爱,这哪是一个自重自爱的女孩子家该干的事?

面对父母亲的长篇大论,赵荻听得心里赌得慌,于是捂住耳朵,不耐烦地说:"我就是本着对自己负责任的态度,才想和他限时恋爱,免得不试,错过了将来后悔。"

刚开始,两个人像合租男女那样客客气气地相处,费用AA制,共同分担,倒也相安无事。辛小强是一个大度、宽容的男人,偶有争吵,做错事会检讨自己,他不会因为赵荻没有时间跟他风花雪月和不着边际的浪漫而大动干戈,辛小强的理解让赵荻的内心里充满了感激。她拿出尽量多的时间和他在一起,为他做一些力所能及的事儿,渐渐地她有了错觉,两人在一起老夫老妻似的。

然而，当他们的限时恋爱将近尾声的时候，她偶然发现辛小强和一个女孩子在一起，很亲热的样子。她还能说什么？辛小强也不过是程小鹏的再版，没有人可以忍受一个异常忙碌的女人，没有人可以忍受一个连谈恋爱的时间都没有的女人。

赵荻有些绝望，因而，当限时恋爱结束时，辛小强用充满期待的眼神看着她问："我不走可以吗？"

她决绝地摇了摇头，笑靥如花地对他说："No，还是按照我们的约定去做好吗？我们的经历不同，世界观也不相同，我也不想成为爱的累赘，让我们洒脱地放手，开始新的生活，开始一场新的限时恋爱。"

辛小强惊讶于女人的嬗变。他问赵荻："我们不是相处得很好吗？我们之间真的没有可能吗？"

她看到辛小强眼睛里隐隐的泪光，他磨磨蹭蹭地收拾好东西，强颜欢笑地与她道别。她的内心里分明有一种剥离的疼痛，那是一种生离死别的感觉。

赵荻想留下他，可是又说不出口，只要他一踏出这个门槛，他们限时恋爱的时间就已结束，不存在财产纠纷，不存在感情纠葛，从此陌路。他还可以和别的女孩限时恋爱，她也可以和别的男人限时结婚。

辛小强离开的时候，她把头别过去，看着窗外，一直看到眼睛酸涩难抑，她忽然觉得自己可能真的要失去他，眼泪再也忍不住落了下来。眼见得他的身影消失在楼的拐角处,再不追出去,只怕余生都会在悔恨中。她抓起外套披上,像一个小傻瓜一样,一边流泪一边自己和自己说:"小强,其实我不想让你走。"

来不及换拖鞋,打开门,一下子撞到一个人的怀里,刚想凶那个人走路不长眼睛,抬头一看,竟然是小强,他一脸坏笑地问她:"你刚才说什么?再说一遍可以吗?"赵荻难得一见地红了脸,在小强的怀里挣扎说:"你先放开我,我再告诉你好吗?"小强愈发把她抱得紧了,贴着她的耳朵大声说,我要天长地久地和你在一起。

赵荻依偎在小强的怀里,一脸幸福地问他:"算是求婚吗?"

小强点了点头。赵荻说,可是我看到你和一个女孩子在一起,是不是和别人也搞限时恋爱啊?小强伸手刮她的鼻子,那是我表妹,刚从外地回来,你吃醋了,说明你爱上我了。

赵荻不好意思地看着脚尖笑,说,吻我,限你一秒钟之内,否则就从我的眼前消失。

小强愣了一下,然后像接到军令一般,乐不可支地抱住了她……

当我们厌倦了马拉松式无休止的恋爱过程,当我们没有时间没有精力在一场又一场的恋爱中纠缠,当我们舍不得全情投入,舍不得用余生做赌注,当我们爱得谨小慎微,限时恋爱,何尝不是最好的选择?

在最短的时间内爱上一个人。12月底,赵荻一脸幸福地为

辛小强披上了婚纱,限时恋爱,打一场速战速决的爱情战役,让赵获找到了幸福。

丢在故乡的幸福

1

北方的冬天,依旧冷得凛冽,寒气逼人的街上依旧跑着旧式的有轨电车,到处可见的是殖民时代遗留下来的日式建筑,没有改变的是这座城市悠闲的氛围,改变的只有我的心境和容颜。

我提着简单的行李,对着在电车站候车的人们发了一会呆。我想起了从前,从前子音每次都是左手牵着我,右手挽着林芬,在这里等着慢慢开过来的电车,然后一起去上学。有一次,我把乘车的两毛钱丢了,大哭,仿佛世界末日一般,是子音借了我两毛钱,我才破

涕为笑。那两毛钱,至今不曾还给子音。

我至今不知道子音对林芬好些,还是对我好些。

我和林芬一起考上了北京的同一所大学,而子音却考上了上海的一所大学。大一快放假的时候,子音来学校找我们,在校门口,第一眼看到子音,眼睛便开始不争气地润湿,鼻子发酸,没有子音的日子里,我仿佛没有了依靠。

林芬比我坚强,默默地站在那儿,抿紧了嘴唇,眼睛里闪着点点的泪光。那时,我隐约觉得,我和林芬都有些喜欢子音。后来我去了澳洲,子音并没能留住我的脚步。

经年之后,子音娶了林芬。

我一直想,当初如果我没走,没有离开,子音会娶我还是林芬呢?

2

住在"丽景酒店",是因为离海很近。

有一段时间,我和子音、林芬三个人常去海边捡贝壳。有一回,林芬被贝壳划破了手,我清楚地看到,林芬硬生生地把眼泪忍了回去,林芬的隐忍让我吃惊,她把所有的心事都装在心里,从不轻易展露出来,但这并没有影响我们成为朋友。

前台的服务小姐见我出示的是护照,所以硬要我付美金,我看着她冷冷的脸,有些生气地说,我曾经是这个城市里的人,为什么一定要我付美金？服务小姐坚持说是酒店的规定，个人无权擅改。我不想让步，就说那好吧，你叫能改的人出来说话。

服务小姐打内线电话，很快从楼上下来一个男人，三十几岁的样子，他的目光淡定地从我脸上扫过，最后落到服务小姐的脸上，说，按客人的意思吧！

那一刻我不能呼吸，我定定地看住那个男人，这不是子音吗？他不认识我了，他淡定的目光让我心痛。

在国外的几年，我没有学会别的，却把拥抱礼节学会了，因此想扑到子音的怀里，以表达我此时激动的心情，可是子音却举着两只手，连连地后退。我忙说，我是陶逸，你不认识了？

服务小姐以为我是花痴，刚想打110报警，被子音伸手按住了电话说，她是我的故人。

我问他，林芬还好吧?!

子音说还好，谢谢你记得她。

这样一句平常的话，淡淡地便使我们之间有了距离。从前他不是这样的，他站在我和林芬中间，彼此的距离是一样的，可是现在，一切都不一样了，原本就是我不该苛求什么的。我忽然觉得有些心疼，站在那儿有些不知所措。

3

第二天，我刚起床，手机便叫了起来，是林芬。她在电话里咯咯地笑着说要给我接风,笑得太厉害了,竟有些不真实,她说,陶逸,你一个人回来,还是两个人回来?

我莫名其妙地问他,什么一个人两个人?她说你出去好几年,也没有给我们带回一个金发碧眼的大鼻子回来?我被林芬逗乐了,说,我没兴趣找个异族卧底在身边。

林芬说,别的小姑娘都找机会外销,你可倒好,现成的机会抓不住,到时候看你能清高到几时,可别怪我没提醒你。我笑她,你以为人人都像你啊,等不及我回来,就把自己嫁掉了。

林芬叹气,我是饥不择食。我的心无端地疼痛起来,脸上却是灿烂的笑,你这不是成心气我这没人疼的人吗?她沉默了一会儿说,我们家邻居,人好又洒脱,并且事业有成……

我打断林芬说,你在这儿征婚啊,本人一向是宁缺毋滥。放下电话,遥想从前和林芬一起在北京念大学时,我们是最好的朋友,我和林芬住上下铺,天冷时我们会挤在一张床上,看同一本书,吃一个袋子里的零食。那时我们都没钱,即便是几粒花生米,我们也会共同分享。那些单纯美好的快乐时光,常常让我怀想。

我真的有些老了,常常想起从前。

林芬跟我预想的一样,依旧年轻漂亮,一双美丽的眼睛会说话,像个幸福的小妇人,吊在子音的胳膊上。

多年没见,林芬已完成了恋爱结婚生子的人生大事。而我依旧没有长进。在澳洲的时候,我有过一个男人,可是我清楚地知道那不是爱,那是两颗在异乡寂寞的心的贴合,那中间只有互相的依赖与温暖,没有别的东西,更没有爱。那时候我们没有爱的资格,我们只能为生存而活着。从没有林芬这样鲜活的幸福,我甚至以为我那颗寂寞的心没有爱的滋润已经渐渐地老去。

我和林芬行拥抱礼,我清楚地看到林芬转过头时,眼睛里溢出晶莹的泪。林芬说,你这次回来,有什么打算?不会是想在国内找个老公吧?

我大笑,这次回来,只是受澳洲一家公司的委托,先期打理国内的一些琐碎的事务。

子音站在旁边不说话,我和林芬当他不存在一样,说着过往之中一些细碎的事。子音望着身边的林芬,眼睛里充满柔情。我想,他们真是一对幸福的璧人。

4

林芬常请我到他们家里吃饭,我说好啊,只是不知道你的厨艺进步了没有。从前在宿舍里,林芬用一只小电炉在宿舍里煮面条,煮成了一锅浆糊,别提多难吃了。

林芬说,我现在有专用厨师,放心吧!去了才知道,专用厨师原来是子音。林芬在她的一方天地里演示她和子音的恩爱,一遍一遍地支使子音下去买东西,和子音一起在卡拉OK中唱情歌。有时候子音不肯,她就哀伤地坐在角落里不说话。我懂得林芬的心境,她再叫我去家里吃饭,我就借故推掉。时间久了不去,林芬又像欠了我什么似的,一遍一遍地打我手机,锲而不舍,我就心软了,便又去了。

终于有一次,在林芬家的饭桌上,我认识了林芬的邻居,是个"海归",快40岁了仍然没有结婚的钻石王老五,物质条件很好,长相也过得去,因为姓王,所以我一直叫他老五,他也没有提出别的异议,所以就敷衍下去。老五对我很殷勤,主动地接接送送,陪我一起到林芬家里吃饭。

林芬的笑容重又回到了脸上,看见林芬的样子,我心里很安慰。

有一次,我在老五家里听到林芬跟子音吵架,吵得厉害,林芬呜呜的哭声穿墙而过,渗透到我的耳朵里,很刺耳,有些失真。老五站在我旁边淡漠地说,他们这样子很久了,真不知道为什么还在一起。

我黯然地说,我一直以为他们很幸福。老五不屑地说,幸福只是相对的。我第一次听到这么新鲜的说法,就对老五说,你说说看。

老五说,比如子音和林芬,我们已经做了好几年的邻居了,我常常在夜里听到他们吵架,他们的幸福缺少参照物。末了,他试探地说,不如你搬来和我一起住吧?

我笑嘻嘻地说,别臭美了。

5

有一天,我在公司里处理了一些琐事,感到头痛欲裂,匆忙回到酒店,从窗子看出去,大海正涨潮,隐隐地听到海浪的声音。

睡下后一直听到海浪的声音,还不到半夜醒来,浑身烫得厉害,我知道是在发烧。这些年一直在外面漂着,所以懂得怎样照顾自己。

爬起来,乘电梯到一楼,打算买点退烧的药,正歪歪斜斜地欲倒下去,被一只大手扶住了,我慢慢地转过头,却是子音。

子音什么都没说,扶着我又原路回到了1010房间,然后又转身出去买退烧的药,服侍我吃下,然后把湿毛巾敷在我的额上。

我看着他熟练地做着这一切,想来是常常服侍林芬惯了的,心中不禁有了酸意。有泪水便顺着眼角滴下来,子音也不说话,仿佛全明白似的,用一条雪白的毛巾慢慢地擦掉我的泪。

从大学毕业去了澳洲之后,还是第一次这样近距离地跟子音待在一起,即便什么都不做,什么都不说,也是幸福的。

当初我是那样倔强地选择离去,一下飞机就知道错了,我的幸福丢在了故乡。

我握着子音的手,昏昏地睡去。梦中,我听到子音说:还记得从前我们在沙滩上建的房子吗?我一直说,我会在海边给你建一所房子,我一直记得自己当初的诺言,所以建了这所海边的房子。

我以为这一生再也见不到你了,可是你又这样活生生地回到我身边,为什么会这样?

我清楚地感觉到,一滴冰凉的眼泪落到我的脸上。子音的唇冰凉地吻在我的额上,子音的手冰凉地在我的身上摸,我的身上像着火一样,只有子音冰凉的眼泪才能熄灭。

早晨起来,却并没有见到子音,依稀只是夜里的一个梦而已。没吃早饭,就给老五打电话说,你过来帮我搬家。老五二话没说,就把车开过来,他问我,住得好好的,还有子音照顾你,为什么要搬家?我笑了笑算是回答,他便不再问下去,老五的体谅让我感激,但却没有那种感觉。

老五请我吃海鲜,白色的花纹小蚬子、青绿的小海螺、海菜的蒸饺,最奢侈的要算虾仁腰果。他给我讲一些小笑话,有的甚至是不伤大雅的稍微带点颜色的。

老五对我的细心总是在不经意间,可是不知为什么,我就是爱不上老五,哪怕是一点点的意思,但他却是一个很好的朋友。

某种时刻,忽然想起子音,心仍然会一阵一阵地痛。子音打电话过来,常常一句话不说,可是我知道是他。

林芬打电话让我去家里吃饭,我总是想尽办法推掉,我不知道见到她还能说什么。

6

想念在我心中疯狂地滋长,见不到的时候我想念子音,见到的时候,我还是想念子音,子音是我生命中的烙印,是我年少时一个彩色的梦。

很多时候,我和子音互相约束着不见彼此,因为对林芬不公平。林芬见到我一如往日,有时候做了好吃的,林芬打电话给我,让我去她家里吃,推辞不过,只能去,小心翼翼地对着林芬的笑脸。林芬的笑容X光一样穿透我,让我变成透明人。

在一个雨夜,我辗转反侧,终于下决心回澳洲,或许那里才是我最后的归宿,少年的梦尽管美好,但总有醒来的一天。子音就像我们坐过的电车外的风景,他有自己的生活,他有老婆和孩子,风景错过了便永远不可能回头,再也回不到当初。做出这个决定,人一下子便轻松了很多。

去机场的路上,林芬的眼睛里有泪水在涌动,我知道她不是一个爱流泪的人。林芬说,我真舍不得你离去。

我的眼睛也湿润了,我说林芬,毕竟我无意伤害任何一个人,即使我做错了什么,也是无心的。

林芬握着我的手淡淡地说,我们像亲姐妹一样,何必说得这么见外。

子音坐在副驾驶的位置上,一言不发。倒是老五,一个劲地

说，你这个人啊，什么都好，就是有些倔，说来就来，说走就走，真是生就的铁石心肠。

我不语，慢慢地消化心中的酸楚，我还能说什么呢？

在机场大厅里，林芬最后跟我道别，我们相拥而泣，林芬伏在我的肩上，用只有我能听到的声音，有一丝快意地说，我赢了。

我突然觉得，林芬其实什么都知道，只是一直在演戏。我原谅了林芬，她是一个女人，相信爱情，她的固守与坚持，只是一个女人对婚姻入侵者的本能反应；当爱情与友情狭路相逢，林芬选择了爱情，我选择了友情。

只是爱情之中没有对错之分，也没有绝对的输赢之分。

艳遇与伤痛

爱错了人,注定是一场伤痛的开始;爱对了人,却因为错误的起始,诠释了伤痛的全部含义。

1

彼时,那个男人终于被我逼迫得没有退路,弃我而逃,三个人的爱情之中,总有一个输家,而输了的那个人是我。不是没有了男人就活不成,但一个女人被男人甩了,总不是一件很有面子的事儿,哪怕再没心没肺的女人,那也是漫漫情路上的一个败笔。

我任由颓败的情绪毫无节制地蔓延,一

个人去酒吧买醉,一个女歌手在昏暗的灯光下,裸露着长长的手臂、长长的大腿,卖力地唱着一首经典的怀旧英文歌,台下是汪洋成一片的口哨声,暧昧的氛围使我头痛欲裂,看来酒也不是万能良药,医治不好我的心伤。

一个男人推门进来,略微卷曲的短发滴着晶莹的水珠,手里擎着一把天堂伞,他有一双很好看的眼睛,闪着略微忧郁的光芒,他的目光一直追随着我,我知道,但却并不回望,脸上堆起淡淡的不屑的笑容。我知道我这个样子最美,最能迷惑人,像百合一样清新。

男人和女人的游戏,尤其如此,不能太把对方当回事儿,否则早晚会输掉,就像那个男人,不是我迫他太紧,他怎么会仓皇而逃?

我抓起手袋,走出酒吧,在门廊下默立片刻,外面的雨很大,仿佛是谁受了委屈的眼泪,倾泻。清冷袭来,我一下子清醒了许多,我犹豫着是不是走进雨里,回头望一眼酒吧,一道门便隔出了两个世界,门里,醉生梦死,暧昧如花,精致的水晶吊灯,映出的是一个虚假的繁华世界,而门外,清冷无边。

我一脚踏进雨地里,毫不吝惜脚上刚买的鹿皮小靴,因为比起我的心疼,那根本不算什么。

2

凄风冷雨扑面而来,一块小石头把我绊了个大跟头,摔倒在马路的中央,一身的泥、一身的水,我赖在地上不想起来。忽然头顶开出一朵伞花,风消雨住,我仰起脸往上看,酒吧里的那个男人,撑开手里的天堂伞,为我遮住了头顶的一片天。我看着他,他也看着我,静静地对峙,仿佛时间已经停止。他的眼睛里跳动着两簇蓝色的火焰,瞬间把我点燃,让我的内心深深地震撼,在这个雨夜里,让我感到从未有过的茫然。

他伸出一只手,把我拉起来,然后他就那样握着我的手,不说话,一起往前走。他手心里的温热,慢慢地融化了我如坚冰一样的心。我依偎在他的身边,穿过一条深深的巷子,然后到了一座旧楼前,窄小的楼梯有令人窒息的感觉,他的手臂轻轻地圈在我的腰上,让我有了半生中从没有过的安全感,有一瞬间,我甚至希望这楼梯长得一辈子走不完,和他一起,没有终点。

上了三楼,他推开一扇门,那是他的家,屋里很乱,碟片、书籍、墙角寂寞的百合花、旧的电影海报,原木的地板,已经被磨得光滑,但依旧清晰可辨的原木纹理,置身于其中,仿佛掉进了时光的隧道。

我站在屋中央不知所措,他打开五斗橱的抽屉,从里面拿出一套深蓝色的棉布睡衣递给我说,洗个热水澡,然后换上,会好很多,我保证。

我去洗手间冲了澡,换上那套蓝色的睡衣,睡衣是男式的,宽宽大大,想来是他的,温暖,舒适,两只袖口都有手绣的南生两个字的英文字母,我用手轻轻地抚摸着,猜想那可能是他的名字。

睡衣散发着男人的气息和淡淡的烟草的味道。

从洗手间出来,并没有看到他,我坐在一只暗淡发旧的原木椅子上,随手翻着一本旧画报,心里却想着,这样一场艳遇,会治好我内心的旧伤?我的内心慌乱而愉悦,我从不曾经历过和一个陌生男人彼此单独呆在一个房间里,这个看上去有些纯真的男人让我的心灵愉悦和回归。

外面响起敲门声,我的心跳得很厉害,兴奋得像有一只蝴蝶在飞。南生站在我的面前,一只手端了半杯水,另一只手握成一只拳头,在我的眼前慢慢展开,两粒感冒药安静地躺在他的手心里。他说,你淋了雨,吃两粒药吧,不然会感冒。我的眼睛没出息地潮湿起来,从前和那个男人在一起,从来都是我关心他,难道恋爱中,先爱上对方的人注定是输家?

我并没有伸手去接他手里的药,而是在他手里,把药吃了,他看着我,眼睛很明亮,闪着光彩。

3

他的手指细长苍白,温柔地插进我的长发里,轻轻地梳理,我像回到了童年那些单纯的没有欲望的时光。他的吻绵长而冰冷,像花瓣渐渐开放的过程,令我期待和窒息。他的手语那么轻柔细致,像弹奏着一首轻音乐,时而舒缓,时而急促。而我的身体,在他的手下,开成了春天里一朵最灿烂的花儿,我忘情在他的怀抱里。

迷乱过后,他点了一支烟,环环相扣的烟卷如梦一样缭绕着,他看着我的眼睛,一直看着,就那样,我们看着彼此,夜最好永远不要落幕,天最好永远不要亮。我叫他,南生。他看着我说,小歌,小歌,你像一个梦,我怕醒来。

天还是亮了,窗外一点、一点放灰,我说,南生,我该走了。南生说,嗯。我转过身,可是脚像生了根,有一种痛渐渐剥离,我对自己说,不会的,不会。不过是一夜情而已,一夜之后,彼此再不相识,哪怕是擦肩而过。可是我的心分明很疼,有一点不舍,有一点渴望,有一点爱。

南生坐在那里并没有动,我走出门外,轻轻地合上门,刚刚走出两步,南生从屋里冲出来,一把抱住我,他说,小歌,你别走,留下来可以吗?

我重新退回到屋子里,南生拿起我的手,放在唇边,他说小歌,把你的电话留给我好吗?我摇了摇头,南生说,小歌,我怕你像鱼儿一样游回到海里,从此再也见不到你。

4

之后,我的生活回到了原来的轨道上,穿着漂亮得体的时装,袅袅婷婷地去公司上班,我不想让别人看出失恋的伤痛,更不想让别人看出我的颓败,不就是被一个臭男人甩了吗?没什么了不

起,天底下还有很多好男人呢!

下了班,跟一大帮同事去苏大姐火锅城,吃四川风味的麻辣火锅,同事小赵说,田歌,看不出,失恋了,还这么没心没肺地猛吃猛喝,当心别长成胖子啊。我推了她一把,笑骂,化悲愤为食量啊,本小姐一向不愁嫁,不用你瞎操心。

小赵嬉皮笑脸地说,别闹别闹,你看看那边那个帅哥,像不像梁朝伟啊?你看他的眼神,勾人呢!

我专注地对着火锅,轻捞慢挑,哪有工夫管她那些闲事儿,但嘴却没闲着,调侃道,小丫头动了芳心吧?是谁有这么大的魅力啊?

一转头,和那个男人的目光相遇,天啊,是南生。连同南生这个名字一起刻在我心里的,还有他的眼神。我一刻都不曾忘记过他,但却从不曾想过要和他相遇或者去找他。那夜,他要了我的电话号码,却并不曾打给我。一夜情是个什么概念?一夜的情缘,像花心上的露水,太阳出来了,露水没有了,我怎么会不知道?所以不能当真,尽管我的骨子里不是这么洒脱的人。

很显然,南生也看到了我,他一下子站起来,带翻了身边的椅子,奔过来,一把扼住我的手腕,他说,小歌,你怎么会在这里?我含在嘴里的鱼丸没有来得及咽下去,噎得我很难受。

南生是个内敛的男人,是一家大公司里财务主管,刚才的失态,使他的脸看上去有些沱红。他扼住我的手腕,在我的耳边说,我再也不会放你走。

5

南生快乐得像个孩子,他牵着我的手在黄金急雨树下,在那些纷纷扬扬的花瓣中拥吻,那些细碎的花瓣,像一场无声的细雨,迷蒙了我的眼睛。我抗拒不了南生的吻,抗拒不了南生的眼神,在他的眼神中,我像一个溺水的人,周围一片汪洋,我无处可逃。南生把我和我简单的家当一起搬到了他的小屋里,我赤着脚走在被磨滑了的地板上,南生把我抱起来放到阳台的摇椅上,我坐在那些绿色的植物中,有一搭没一搭地和他说着话,我忽然就忘记了自己是在哪里。

快乐的日子里我很快长胖了3KG,小赵大呼小叫地说,傻丫头,掉进蜜罐里了?我掩住嘴傻笑。小赵便用报纸卷成一个话筒,一本正经地对着我说,下面请听本台对田歌小姐的独家专访,请问田歌小姐,你和沈南生先生是怎么相识的?

再想不到小赵会问这样的问题,简单,但却难住了我,正在痴痴傻笑的我,忽然停滞在时光里,我们是怎么认识的?我怎么可能告诉她,我和南生是因为一夜情而相识的。小赵的问题像一根刺,鲠在我的喉咙,我第一次觉得如鲠在喉,是一个多么贴切而形象的成语。

我忽然觉得意兴阑珊,下了班,一个人坐地铁去南生上班的大楼,在楼下徘徊了两圈,仰着头往楼上看,其实我什么也看不到,眼泪却顺着脸颊滚滚地落下来,南生就在这个楼上,他离我那么近,他的眼神苍茫如水,淡淡的忧伤像温柔的子弹,轻而易举地击中我的心房。我犹豫着要不要上去,忽然看见他和一个高挑的女孩子从大楼里一起走出来,有说有笑,女孩子有一双长长的腿,腰身秀美。我的心中霎时涨满了绵绵密密的痛,我立刻想到,他会不会和这个女孩也有一夜情呢?

回到家里,一个人坐在旧木椅上,暮色中,我一直想着南生,南生,他会不会背离我,和别的他喜欢的女孩发生一夜情呢?我的心像被很多条小虫子噬咬,那些看不见的伤痕,让我无法控制自己的情绪,我想砸东西,摸起手边的一个淡蓝的瓷杯,慢慢地又放下来,那是南生喜欢的杯子,他一直用它喝水。

南生回来时,我收拾好心情,做出和平常一样的样子,南生走过来,环住我的腰,他抵着我的耳朵说,我想你,宝贝。

6

南生去深圳出差,一个星期而已。我赤着脚,屋里屋外地走,我停不下来。深圳是一个灯红酒绿的繁华温柔之乡,南生是一个男人,并且是一个好看的男人,难免抵不住诱惑,旅途中来一段浪漫艳遇,温情邂逅都是有可能的。

南生走后,我整晚、整晚不能睡,我开着床头的台灯,胡思乱想。我害怕南生会再遇到一个像我一样的女人,然后我就永远地失去了他。我变得神经质,憔悴起来,没几天便瘦了5KG。小赵是看着我一点点瘦下去的,她惊讶地问我,田歌,你怎么瘦得这么快?我懒洋洋地说减肥,不然再胖下去,真的变成猪了。小赵便缠着我,要我传授减肥的经验。

南生每天晚上都会打电话回来,有时晚上9点,有时是夜里3点,我明白他是在查我的岗,他会说,宝贝,没有吵醒你吧?想你想到心疼,恨不能马上飞回去。我笑,说,南生,我也想你,真的,想你,眼泪便会抑制不住,簌簌而落。他想我是真的,他不放心我也是真的,那样的认识方式,那样的起始,注定会使彼此心力交瘁,可是,我爱南生,真的很爱他。

一夜的欢娱,本来彼此应该从此陌路,可是我们却没有洒脱地放手,却爱上了彼此,这爱注定了是一场劫难,一场伤痛的起始,如果可能,我多么想和他重新开始,以那种阳光的方式开始。

我收拾好自己的东西,最后看了一眼南生的小屋,这个有着浓郁的怀旧色彩的小屋,里面有南生的爱,我要在南生回来之前逃离这里,永远地从他的世界里消失。

当艳遇演绎成天长地久,除了伤害,还剩下多少爱?

如果还有下辈子,那么,下辈子你还会记得我吗?转过身,拿起行李,泪已汹涌。

以爱的名义

1

看到子衿,我便会想起那个男人,那个纠缠在一起的画面,深深地印在我的脑海里,那是耻辱的烙印。

如果不是因为父亲正宗的满族血统,在这个世界上,大概也就不会有我的存在了。我的上边已有了一个姐姐,如果按照计划生育政策,正好把我给计划掉。可是生而有幸,我们家是少数民族,让我成功地来到这个世界上。

我姐姐有一个很好听的名字,她叫子衿。老爸老妈把她当成宝贝一样,我也并不介意。

子衿生来就是招人疼的那种，柔弱无助的眼神、毫不张扬的笑容。夏天里总是穿着长及脚踝的长裙，长长的秀发飘在脑后，像一面旗帜。更重要的是，她将内敛、蕙质兰心、秀外慧中的优秀品质集于一身，做事总有自己的分寸和原则。我笑她迂腐、保守，外加顽固不化，是这个时代最后一个淑女，是前清的遗老，她对我总是一笑置之，并不争辩。

她在北京的一所名牌大学毕业后，进了一家外企，顺理成章地成为一名白领，一个月有几千元的收入，让人羡慕不已，只是苦了我，老爸老妈有事儿没事儿总爱拿她与我相提并论，好像我就是一拿不出手的残次品。

她不是一个完人，但却是一个各方面都很优秀的人，看到她，我就想起饭店里的招牌菜什么的，子衿是大餐，而我只是小菜，这样的想法常常让我忍俊不禁。子衿在旁边好奇地问我，你笑什么？我笑着说，反正我没有笑你。这话听起来有些此地无银三百两的意思。

我像是一个长不大的孩子，并且行为有些恶劣。逃学，和男孩子打过架。后来勉强考上了外地的一所大专。毕业后不停地跳槽，不停地换工作。最让父母揪心的是我不停地换男朋友，就像换时装一样。扳着手指头数一数，前后三年大约换了也有5个。5个当中只有一个名字叫郁文的男孩让我稍稍有些心动，我喜欢他那种忧郁的气质。网恋半年，一见面发现他是个大烟鬼，吸白粉的。我被吓得落荒而逃。被父母揪住我的小辫子,恶狠狠地管教了半年,才放我出去行走江湖。

2

按说子衿的年龄已经快走到青春的边缘,可是她还是那种不慌不忙的臭脾气,到现在还不抓个男朋友在手里,更待何时?我们3个都苦口婆心地劝她,无奈子衿就是不感冒。她说,宁缺毋滥。

我有些恶毒地想,这真是皇帝不急,急死太监。等哪一天真的成了孤家寡人就晚了。

幸好有一天子衿回来说她有男朋友了,否则我想我真的会强行给她洗洗脑子补补课。听她这么一说,全家人都很来电,像过节一样,空气中有着某种温馨的气氛。母亲提议让全家集体相一次未来的姐夫,我第一个举手赞同,我早就想知道那是怎样一个男人,凭什么打动了子衿的芳心。

在我的威逼利诱下,子衿终于交代了他的背景。那男人是刚从国外回来创业的,是正宗的海归派,他们公司的老总。子衿在说起他的时候,眼睛里闪着一种亮晶晶叫做快乐的东西。我知道她打了埋伏,并没有说是怎么认识的,我就装糊涂地顺水推舟。

经过周密详细的计划布置和安排,决定由姐姐出面约他在街心公园的大槐树下见面,而我们乘机埋伏在周围,实地考察,以探虚实。这种行为虽有些不够光明磊落,可为了姐姐的终生幸福,只能牺牲小节。一说到"终生"这个词我就有些反感,有些事注定了不是一辈子的事,合则聚,不合则分,何必非要这样那样,去违背事物的发展规律呢?

正胡思乱想着,一个男人走入了我的视野之内,不看还好,一看之下,不禁令我大跌眼镜,恍恍惚惚之中听得母亲对父亲说,这个男人长得还行,也有些风度。我注意到父母叫他男人,在我想来也是,一个男人如果过了30岁,别人还叫他男孩,就有些骂人的意思。

我埋伏在一棵松树的树杆后面,装成轻松闲散的样子。我清楚地认出了那个男人,虽然他并不特别,走在人海之中立刻就被淹没的那种,可是他对于我却有着特殊的意义,他使我由一个女孩变成了一个女人。

我的大脑一片空白,这一刻我不能呼吸,我知道了什么是残酷。

3

我永远都穿着一条破牛仔裤,松松垮垮地在肩上背着个布包,短短的头发,看起来像一个学生,我对这样的自己很满意。在母亲来说,我这个样子是邋遢;在我自己却觉得轻松自由,甚至是个性,这是一个张扬个性的年代。

　　我到南方出差,在归来的途中遇到了这个男人。我觉得在哪儿见过他似的,他长着一双深井似的眼睛,一如三毛笔下那个德国军官。对于这样的男人,我有着一种天生的好感。

　　每一次外出,我总选择坐火车,对于飞机我有一种本能的拒绝。卧铺车厢有四张床位,碰巧我买的是上铺,爬上爬下总不是很方便,我索性懒洋洋地躺在铺位上假寐,听着车轮在轨道上摩擦时发出的单调的声音。寂寞的旅途总是显得很漫长,我偶尔在半睡半醒中睁开眼睛,对面的男人也会从正看着的书中抬起头,看上我一眼,目光在空中相遇时,我清楚地听到一种碰撞时发出的声音。我侧过身继续睡下,我知道我睡不着,可是,我不想和男人的目光在空中纠缠。可是这时候又能干什么呢?只能任思绪长上想象的翅膀。

　　这一路的行程是两个半天一个晚上。

　　我侧过身去的时候,总想回过头来看看他的眼睛,又一次次地悄然忍住,男人也把手中的书翻得哗哗地响。其实说说话也没什么,可是我们谁也不肯先开口。若是平时,以我的个性,早就跟人家接上火了。可这一次我竟扭捏起来。也许我是怕那双眼睛,那深井一样的眼睛会把我淹没。

　　下车时,眼瞅着就要各奔东西了,不知为什么我的脸上竟会有眼泪流下,用手一摸,竟是冰凉的,我的心中有了某种绝望的东西在滋生。确切地说,我是很少有这种灰色情绪的。

我很绝望。心里想着,哪怕他有一分的暗示,我也会毫无顾及。

这时候有人从后面拉住了我的胳膊,一回头,看见竟然是他,我像一个孩子一样立马就破涕为笑。

我和这个陌生的男人一起去酒店开了房,我清楚地知道我在做什么。

我还是一个处女,我不会把贞操弃之如敝屣。当然我也不会做一个旧式的怨妇,把欲望封存在某一个地方,甚至枷锁里。当然我更不是小姐,靠出卖肉体为生。其实我并没有多坏,我只是遇到了一个令自己心仪的男人而已。

男人很健壮,动作轻缓温柔,恰到好处,显然不是第一次。他轻轻拥住我,性感的嘴唇吻得我透不过气来。一只手轻轻地解开了我黑色的蕾丝内衣,那个雨夜,我们像两棵藤蔓植物一样,柔软地纠缠在一起。

车子在上海中转的时候,我把自己给了这个初次相遇的男人。

早晨,当第一缕阳光透窗而入时,我在他的额头上印下了我如血的红唇。我端详着他的睡姿,蜷缩着,皱着眉头,样子有些像一个没有安全感的孩子。我的心底泛滥着无边的痛,我要把他拷贝到我的心灵深处,甚至我的灵魂深处。

我错把这一夜当成了永恒,尽管我并不知道他的名字,可是

这又有什么关系,只要彼此是真诚的。

4

我在极度的不安中等待着子衿回家。

当她哼着刘若英的歌,敢不敢像我一样爱你,迈着轻快的步子回来时,我根本无法开口跟她说我已经准备好了的关于男人的一大堆坏话,我觉得我很残忍。

我装成漫不经心的样子,随意摆弄着子衿的手机。其实我想查阅那个男人的电话号码。姐姐说,如果你喜欢这只手机,就送给你吧!

她总是这样,从小到大一直都是这样,只要是我喜欢的,不管是娃娃还是花裙子什么,她都会毫不犹豫地送给我,多年来已成为习惯。

我说,不用了,谢谢老姐。

果然苍天不负有心人,终于被我查到了那个男人的电话号码。我约他到街角的"蓝色终极"咖啡屋见面。

那家咖啡屋装修得很老派,也讲究,经营着口味纯正的巴西黑咖啡,价钱也贵得吓死人。那个男人果然如约而来,他把他的奔驰泊在门前的停车位上,下车后走了几步,一回手锁上了车门。见到我,他脸上的表情惊讶地夸张着。他说,怎么是你?

我冷笑,怎么不能是我,意外吧?

男人依旧是那双如深井一般的眼睛,曾经是那样让我着迷,让我心动。此时,男人并不看我,他低着头,细细地品味着咖啡的香醇,专心致志地,仿佛那才是他来这儿的真正的目的。

我问他,那一夜是真的吗?我是说那一夜你有多少真心,多少爱?至少是真诚的吧!

男人毋庸置疑地说,当然是真的。

我的内心还残留着一丝温情,那么你离开她吧!

男人想了想说,可是我对她也是真的。

我的心突然间觉得痛。我用手扶住胸口说,可是,我记得你说你是有老婆的。我大声嚷嚷着,把周围的目光全部吸引过来,仿佛舞台上的聚光灯罩住了男人,他很窘迫。

男人冷笑道,我那是迫不得已的自我保护。

我的心如同被刀子割成一片一片,在风中舞动,我看见它是血淋淋的。我的痛被渲染得淋漓尽致。我黯然失色,身上没有一丝力气,我说,你到底有多少真的东西?

他仿佛变成另外一个人,再不是那个我想要的人。他面目狰狞地说,你管得着吗?

我说,可是,你女朋友是我的姐姐。

男人的嘴唇嚅动了两下,不相信似的看住我,仿佛是在心中猜疑我的话有几分可信度。

5

不记得我是怎样回到家里的,双腿轻飘飘的,仿佛踩在棉花上,脸上还挂着一丝暗淡的笑。我怎么对得起子衿,怎么对得起自己。突然间想起一句歌词,你伤害了我,还一笑而过……

那之后,我大病了一场,变得沉默寡言起来,我指望从此后能脱胎换骨。

年轻总会犯一些这样或那样的错误,可是有一些错误犯过之后,注定无法改正。一杯放纵青春的毒药,以爱的名义,一饮而尽,心头是无法涤尽的难堪与耻辱。

恋爱季

西莲有过很多场爱情,几乎每一场爱情,西莲都全情投入,虽然每一场爱情都令西莲受伤,但这并不影响西莲全身心地爱一个人,轰轰烈烈,又都灰飞烟灭。她和很多个男人谈过恋爱,但却始终没有和姜江谈上,尽管那么多年,姜江一直都在她的身边……

1

那时候,是大三吧,夏天,西莲和姜江在学校旁边的冷饮店里吃冰,姜江说,想念一个人的滋味很不好受,心中酸酸的,没情没绪的,可怎么办?西莲嘴里含了一口冰,抬眼看他，你喜欢谁了？告诉人家不就行了？

姜江看着她，一直看，看了很久，西莲忍不住了，说，喜欢谁就说呀？说啊！姜江脸就红了，摆弄着手里的小银匙，说，还能有谁？当然是你。

这句话一出口，姜江就放松下来，他的神经不再那么紧绷，目不转睛地看西莲的反应。西莲指着自己的鼻子，有些惊讶地问，你喜欢我？拜托，以后别再说这样的话了，多伤感情啊，我们不合适，我们不会在一起的。

刹那，姜江觉得自己的世界碎了，他的心很疼很疼，他那么喜欢西莲，喜欢西莲身上的味道，喜欢西莲清澈的眼神，喜欢西莲的纯粹和勇敢，可是西莲说不喜欢他，瞬间，他的身上有了绵软无力的感觉。

后来，外系的一个男生路过冷饮店，招呼西莲，她拿起包就跟人家走了，脸上是灿烂明媚的笑容，甚至没有跟姜江说一声拜拜。

后来，姜江一直觉得那个夏天是黑色的，那些葱茏的树、那些美丽的花，都让他烦心，他整天把一个手机上的小挂件握在手里，整整握了一个夏天，那是他打算送给西莲的。

一直到大学毕业，那个手机小挂件始终在姜江的手里，他看着西莲和外系的那个男生恋爱，西莲一副小女人的幸福模样，每天都欢天喜地的。

毕业前夕，有那么几天，西莲无精打采地，姜江问她，你怎么不开心了？西莲就哭了，她的眼泪汩汩而流，仿佛小河一般。西莲说，我那么爱他，可是他说不能跟我在一起，他要留在北京，北京有他的梦想。

姜江的心又疼了，姜江安慰她，别哭，别哭了，我会一直在你身边。

西莲泪眼婆娑地看他，你留在我身边有什么用？你又不是他。

姜江便不言语，默默地看着她，她流泪的样子亦是美丽的。

2

姜江跟着西莲去了一个中等城市，姜江像跟屁虫一样跟在西莲的身后，西莲说，江，你该有自己的生活、自己的恋爱，别影子一样跟着我。说这话的时候，西莲是很真诚的，她有些心疼他，尽管她对他没有什么感觉，尽管姜江长相并不差，高挑斯文，可是西莲对他就是没感觉，就是不来电。

西莲又恋爱了，每一场恋爱姜江都是一个全程的旁观者，他很难受，可是他又舍不得离开西莲，所以只能忍受西莲一次又一次给他的小折磨和小甜蜜，能够看到她，他已经是心满意足了。

那天下午，西莲在街上一家一家闲逛，姜江像个跟班似的跟在她身后，西莲有些厌烦，说，你跟着我干吗？找个好女孩，谈一场恋爱，才是有意义的事，才不辜负大好的青春。姜江不吭声，每

次西莲发脾气的时候,姜江都不吭声。

从一家店里出来的时候,西莲看到了周小生,他开一辆白色的宝马,停在路边。姜江看着西莲像小鸟一样奔了过去,心中难受得想哭。西莲不开心不高兴都是因为这个有钱的男人,西莲爱上了这个人,爱得无所顾忌,爱得心甘情愿。

那天,三个人一起去吃烧烤,西莲喝了很多啤酒,姜江说,西莲,别喝了,我送你回去,西莲摇头,傻傻地乐,说,我不回,我还要喝。

姜江看着西莲,心中有泪在奔涌,他拿西莲没办法,他爱她,爱得卑微又胆怯。后来他喝多了,喝多了的他,找了一个没人的角落,撕心裂肺地狂吐,吐得胆汁都出来了,等他再回去时,发现西莲上了周小生的车,西莲笑着,艳若莲花。

姜江回身在小桌子上狠狠地擂了一拳,然后,一个人摇摇晃晃地走在街上,声音嘶哑地唱着:蓝莲花,蓝莲花……

3

再看到西莲,姜江呆了,那个纯粹、青涩、好看的女生西莲,变成了风情、妩媚、漂亮的女人西莲,姜江很悲情地怨恨自己,你可真没用,连一个自己喜欢的女生都守不住,还算是男人吗?

变成女人的西莲,每天脸上都盛开着小桃花,可是,即便是桃花朵朵开,也有阴雨的时候,有钱男人不仅仅西莲喜欢,别的女人也喜欢,所以周小生有好多个女人,有好多个女人的周小生,对西

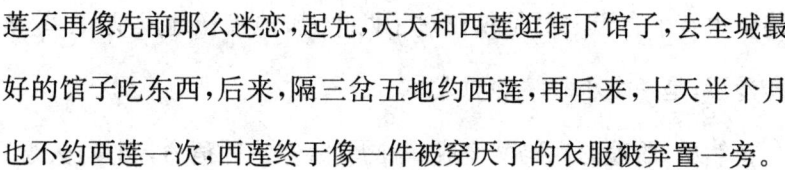

莲不再像先前那么迷恋,起先,天天和西莲逛街下馆子,去全城最好的馆子吃东西,后来,隔三岔五地约西莲,再后来,十天半个月也不约西莲一次,西莲终于像一件被穿厌了的衣服被弃置一旁。

西莲很伤心,刚开始,她安慰自己,有钱男人都这样,只要自己是他最在意的那个就好,到后来,她终于知道,自己并不是他最在意的那个。她开始流泪,暴饮暴食,她的第一次居然给了一个如此不知道珍惜的男人,她恨自己,可是也恨他。

在街上没有目的地狂走的时候,姜江不知道什么时候跟在她的身后,车如流水,人流汹涌,西莲一回身,看见姜江,她停下来,犹如见到亲人一般,她的心一暖,伏在姜江的肩头,哭了。

姜江痛惜地说,西西不哭,为那样的男人不值得。

那天在街上,在人潮滚滚擦肩而过的人群中,西莲在姜江的怀里哭够了,抬起脸,踮起脚,在姜江的唇上吻了一下。

姜江傻掉了,心跳如鼓,他背起西莲,下了天桥,一直把西莲背到他的住处,然后,两个人纠缠在一起,没有什么经验的姜江,只一个回合就败了阵来。

西莲抱着姜江说,你抱着我就好,你抱着我,我就觉得很温暖。

西莲知道,姜江只是她疗伤的药,离爱,尚有距离。

姜江的想法和西莲完全不一样,他以为,西莲终于回心转意了,终于开始喜欢他了,他高兴得手舞足蹈,满心喜悦,以为自己终于也有了春天。可是仅仅过了两个月,他糟糕地发现,西莲又恋爱了,是一个小眼睛的男人。

然后,西莲的戏码就变成一种循环,像一种宿命,恋爱,失恋。又恋爱,又失恋。男主角始终不是他,而他始终不过是西莲失恋时的药。

姜江觉得自己快要疯了,他退出了西莲的生活,回到了北京,因为北京那个老城有他的家。

4

28岁那年,西莲终于消停下来,不再折腾也不再恋爱了,她回到了故乡小城,开始了另外一种生活方式。

夏天,她去北京旅游,遇到大学时的旧同学,同学问她,当初都以为你会和姜江走到一起,姜江多好啊?你怎么就看不上他?他到现在还单着呢!不知道是不是在等你!

提到姜江,西莲傻掉了一般,呆呆地站在街头,想到姜江对她种种的好,心中忽然酸酸的,那么多年,每一次恋爱,她都全情投入。每一次恋爱,她都受伤而回。每一次恋爱,姜江都是她受伤时的疗药。

姜江其实并没有什么不好,而是她以为,恋爱总要惊心动魄才够味,而她和姜江之间太过平淡太过寡素,她以为这不是恋爱的症状。

因为同学说姜江还单着,这令西莲充满遐想,她觉得姜江应该还是在等自己吧?

那一次,她去找了姜江。

看到姜江的一刹那,西莲的思维转不过弯来,与印象中的姜江有些对不上号了,是他,仿佛又不是他,他身上的味道与当年完全不同,姜江变得成熟稳重,眼神清亮,目光温和。他看到西莲时,也很激动,而且会开玩笑了,他说,西莲,你终于想我了?终于明白我是最爱你的人了?

西莲的心,忽然间动了一下,她的心第一次为姜江所动。

然后两个人情不自禁地抱到一起。亲了。也爱了。

临走时,姜江拍了拍西莲的脸,说,想我时,就来找我。

5

西莲的生活,发生了翻天覆地的变化,28岁了,她以为自己要剩下,结果,她又恋爱了,只是,这一次她爱上的人是姜江。

那么多年,绕了那么大一圈,终点又回到了起点。

她一次又一次去北京,一次又一次去找姜江,生活发生了彻底的改变,角色发生了彻底的移位。

最后一次,西莲提着行李去找姜江,她想告诉姜江,她不走了,她要留在北京,她要和他结婚。

那天早晨,下了火车,她就奔去姜江那里,她没有提前通知

他，只是想告诉他自己的打算和决定，只是想给他一个意外和惊喜。

敲门，半天没开。西莲的心里有了不好的预感。

后来，门还是开了，一个女孩长得和她有几分像，侧着身从门里出来，走到她身边时，看了她一眼，说，你就是西莲？进去吧，姜江等着你呢！

西莲放下行李，她看到姜江站在窗前，目光空濛地看着窗外。西莲看着姜江的背影，眼前这个姜江早已不再是当年那个姜江了，尽管两个姜江重叠吻合，但他真的不再是当年的姜江了。

西莲走过去，从身后默默地抱住了姜江，仿佛抱住了她整个的青春时光，恋爱季。

没有人会永远等在原地，没有人会永远留在你的身边。

西莲不说话，还能说什么呢？眼泪汩汩流下，像一条小河一般，姜江回身抽了一张纸巾，默默地递给她。

缘分这回事儿

1

中山路上那家叫雅意的茶馆,开了不止三两年了,前后大约有 10 来年的样子。装修风格古朴、淡雅、唯美。背景音乐似乎永远是古筝琵琶之类,曼妙,琳琅。

女主人叫汀兰,喜欢穿旗袍,一年四季,旗袍不离身,冬天是质地很厚的丝绒面料的旗袍,长袖,曳地;夏天则是质地很薄的纱绸之类面料的旗袍,短袖,及膝。她把旗袍穿出了韵味,穿出了极致,以至于人们一提到那家叫雅意的茶馆,就想起那家店的主人穿旗袍的模样。

碰到重要客人，她也会亲自上阵，表演一套功夫茶的套路，但多数时光，只要不忙，她都会安静地待在角落里，眼神浩渺如水，穿过玻璃，看着窗外，一道玻璃隔开了两个世界，窗外是滚滚红尘，车如流水，人声如潮。窗内则是清音渺渺，清雅幽静，满室清香。

此刻，汀兰盯着窗外，内心里有一丝忐忑，也有一丝期盼。

墙上的时钟指向6点整，一个男人准时地推开了雅意的门，然后没有迟疑，径直走到汀兰坐的临窗的小几对面，他向汀兰颔首致意，语音温和礼貌地问她，我可以坐在这里吗？

汀兰笑，说当然可以，请随意。她对这个男人先是生出几分好感，儒雅、斯文、礼貌是一个男人必备的素质吧！她喜欢这样不紧不慢不慌不忙的风格，让人心里生出踏实和安宁。

此时，茶馆里的背景音乐是一首埙曲《枉凝眉》，男人说，曲是好曲，只是埙这种乐器听多了，呜呜咽咽的，会让人内心生出纠结和郁闷。汀兰忙说，有道理，不过我就是喜欢这种调调。男人说喜欢是好事儿，比如喜欢的食物，不能因为喜欢就多吃，吃多了会胃痛，道理都一样。

汀兰打量他，看面相，比她年轻，不帅，但长相很周正，说话理性而有分寸，是一个谨慎和懂得克制的人。汀兰是干什么的？开茶馆的，十年间，阅人无数，一般不会看走眼。

她问男人，你喜欢喝什么茶？若上火了喝菊花茶，若应酬多喝乌龙茶,若是抽烟抽多了来杯芦荟茶。男人说,若想念一个人喝什么茶？汀兰想了想说,这个我还真不知道。男人看她一本正经的样子,忍不住笑了,说开玩笑的,我喜欢喝普洱茶。

汀兰说,你也不胖啊,喝普洱减肥？男人说,减什么肥啊？我只是喜欢普洱,越陈越香的感觉。

那天,他们聊了很多,音乐,茶道,包括汀兰的名字。他说,你这个名字和这间茶馆一样,雅致,不张扬,低调处见奢华,汀兰,岸芷汀兰,汀兰,我喜欢这样的风格。

汀兰居然红了脸,三十几岁的女人了,什么样的场合没见过？什么样的男人没经历过,汀兰居然因为他的几句话,红了脸。

2

隔天,汀兰见到朱迪,朱迪有些气咻咻地说,你这人真是,真不知道叫我说你什么好,多大的人了,做事还那么不靠谱,我给你介绍的那个大杨说,那天他临时有事儿,去晚了,看见你和一个男人在茶馆里相谈甚欢,也不理他,所以他就回来了！要不要哪天,我再给你们约一次？

汀兰拍了拍脑袋说,天啊,6点整,那人准时推门进来,然后径直走到我的桌边,我以为他就是你给我介绍的那个相亲对象,所以聊了一会儿。

朱迪说,你没长脑子啊？你没问问他是干什么的？叫什么

名字?

汀兰摇了摇头说,没有,什么都没问,我们只聊了音乐和茶道,别说,那人修养还真不赖,什么都懂一点,人也风趣儒雅。

朱迪叹了一口气,摇摇头说,你还是改不了大小姐的臭毛病,你天天煮的是茶,煮的又不是风花雪月,风花雪月能当饭吃?拜托你现实点好不好?我给你们再约一次,你们再相一次亲,好不好?

汀兰把头摇得像拨浪鼓,不,坚决不。

朱迪说,你疯了?大扬那人虽然年龄大点,又不是很帅,但经济基础好,人又可靠,你都一把年纪了,图什么啊?不就是图个安稳日子?陌生人靠得住吗?人家知道你没多少钱?虽然你开着茶馆,但也只是表面上的奢华,你不知道你自己挣多少钱?整天又风花雪月的,不懂得算计,人家知道你并没有多少积蓄?而且最重要的是,人家知道你离过一次婚吗?你现实点吧?什么事都八字还没有一撇,就一厢情愿地掉进去了,到头来,吃亏的还是你自己。

汀兰不吭声,她知道朱迪是为自己好,这么多年了,也只有她,一直在自己身边,为自己打算,如今,朱迪的宝宝都满地跑了,而她却又回到了单身的队伍。

朱迪见她不吭声,两眼冒火,说,汀兰,你听着,以后,我再也不管你的破事了,你愿意喜欢谁就喜欢谁,抱着风花雪月过一辈子吧！没人再管你的破事儿。

从朱迪那儿出来，汀兰的心中生出几分懊悔，因为那个人准时6点出现，因为那个人径直走到她对面坐下，因为他们的相谈甚欢，所以她想当然地以为，这个人就是来相亲的对象，她后悔自己没有跟他要手机号码，没有他的任何资料，茫茫人海，再相遇，可能几率不大。

风一吹，汀兰有了几分清醒，这算是一见钟情吗？和一个陌生人？年纪一把了，居然还会为一个陌生人心动，哪怕这心动是些许的、暂时的，她都很高兴，33岁了，还没有老到不堪，还有爱的能力，她为自己这能力暗暗生出几分欣慰。

3

日子又回到了从前，没有波澜，没有期盼，像流水一样。

最初的确兴奋了那么几天，可也只是几天而已，不知道人家的名字，不知道人家的联系方式，更不知道人家是干什么的，甚至都不像那些老顾客，知道他们今天来了，指不定哪天还会来，而那个人，就是天上的一朵云，风刮着刮着就散了，来去无踪，与自己无关。

那天，汀兰正在茶馆里清点茶具，新买的上品茶具被新来的小服务员不小心折损了，汀兰心疼得不得了，她把小服务员训斥了几句，小服务员哭着抹泪，她又有些不忍心，说，知道那套茶具多少钱吗？要你赔你也赔不起，关键不是钱不钱的问题，茶具也是有生命的，你不知道爱惜它，它才会折损。

小服务员不敢吭声，心想，茶具就是一死物，还有生命呢，说得太悬了吧？想归想，她却并不敢回嘴，看着汀兰脸色铁青，很吓人的模样，她甚至想，没有爱情滋润的女人，太可怜了。

间隙，听见外面有人喊，说，汀兰姐，有人找。

汀兰收拾好心情，转到外间，看见那个像云一样的男人，坐在上次那张桌子前喝茶，一杯普洱，冒着袅袅的香气。

猛然间看见那个男人，汀兰瞬间脑子里一片空白，她知道自己喜欢那个人身上的味道，一举手、一投足，甚至一个眼神，无关家世，无关功利，无关钱财。

有人说，身上的气味其实就是气场，有缘分的人隔着多远，终究会因为那个气场而走到一起，汀兰相信缘分。

喜欢，就已经足够了。

她走过去，男人看住她说，我早就想来了，想念你的茶馆，停了一下，他笑笑，很老实地说，也想念你，可是我出差了，去了国外两个月，昨天才回。

他很老实的回答，让汀兰心中欢喜，年纪大了，谈个恋爱，不喜欢打游击，胡乱猜测试探真的很累，何况也没有那个闲工夫和闲情。

没有陌生感，没有距离感，仿佛相识已久。汀兰在他对面坐下,她的心很久都没有这样踏实过,像纯棉睡衣一样,暖暖的。她想了想说,我比你大,我离过一次婚,我玩不起。

他怔了一下,把手覆在她的手上说,伟人说过,任何不以结婚为目的的恋爱都是耍流氓,你觉得这话对吗?

汀兰忍不住乐了,说,我还不知道你叫什么名字?男人说,我叫李冯,你要把这个名字刻在心里,以后别再忘了。

4

后来,汀兰才知道,李冯比她小4岁,在一家动漫公司做事,经常出国,没有婚史,收入可观。

那天,他只是偶然路过雅意,只是偶然去雅意小坐,只是偶然兴起想要喝一杯茶,只是偶然遇到汀兰。

谁知道,缘分就这样开始了,他喜欢上汀兰,喜欢上汀兰典雅温和的气质。

本来第二天还想再去,不料人算不如天算,公司派他出差,一走几个月,让他心中的想念极度发酵和膨胀,回来后,他迫不及待地想见汀兰,他根本不知道,汀兰把他当成了相亲对象,正是一颗芳心无寄处。

两个人真的开始拍拖,很多人不看好他们,包括朱迪,毕竟汀兰比李冯大4岁,4岁虽说不是一道不可逾越的障碍,但毕竟也是一个不小的坎。

等着他们分手的人失望了,因为后来他们结婚了。等着他们离婚的人,后来也失望了,因为他们后来有了小宝宝。

婚后的汀兰,愈加温婉从容,依旧穿旗袍,打理茶馆,生活过得风生水起。她的生活中多了一个叫李冯的男人,又多了奶瓶和尿布。

有时候,她坐在茶馆里,眼神空茫地盯着窗外,窗外依旧是车如流水,人声如潮,红尘滚滚。窗内依旧是清音渺渺,清雅幽静,满室清香。

日子静静地流过,一切仿佛都和从前一样,只有她知道,一切都不一样了,真的不一样了,因为她心中多了幸福的牵挂。

缘分真是一件妙不可言的事,两个不认识的陌生人,就那么成了彼此心中最重要的人。